適合日常生活、職場應用寫作參考

# 現代生活應用文

增訂二版

*Practical Writing*

*Writing for life*

實踐大學應用中文學系　編著

五南圖書出版公司 印行

## → 寫在前面

　　呈現在讀者面前的這本《現代生活應用文》，是由本學系教師共同合作編寫。編寫初衷，在於希望有本合於現代社會背景的應用文教材，學生學習應用文能落實於生活所需。而在進一步編寫會議討論時，更希望能廣為社會一般人士使用，畢竟，應用文與生活緊密相連，實用性極高。然而，目前所見多數應用文教材所收多為傳統社會所用，與現代生活有所落差。事實上，應用文不僅是學校教學與考試而已，應該回到應用文原本就是日常生活的文書寫作。因此，我們從教材革新的角度重新編寫，希望提供一個更貼近生活的應用文教材，有利教學，更有助生活。

　　當今書寫與傳播工具與傳統多有不同，更遑論倫理與社會關係也大幅變化，傳統應用文書中的許多格式限定已多不符現代所需，為因應新的時代變化，應用文格式也必須與時俱進。因此本教材的編寫，也希望能提供社會大眾一個新的應用文參考，所以，我們做了以下幾點創新：

⚫ 內容翻新

　　立足於傳統應用文書的精神，捨棄不符時代變化的格式術語，重新增編改寫。如「書信」一章，為因應現代通訊型

態，列舉E-mail通訊方式應注意的書寫方式，也為符應現代倫理關係，調整各種稱謂與術語的使用。

⚫ 例證創新

　　各章節舉例皆重新寫作，不抄襲或沿用已有之應用文書籍，盡可能合於目前社會之所需。

⚫ 章節取捨更新

　　傳統應用文教材必有「公文」一章，有鑑於「公文」內容複雜而專業，一般人的生活中並不需要，故不列入。又如「契約」一類，生活中所接觸者多為定型化契約，平常並無機會寫作契約，「規章」亦是如此，故皆捨棄。另外，生活中常會遇到命名取號的機會，一般人多求助於算命師或以姓名學為論，實則命名取號有一些語言文字的基本原則，故將此列入。此外，生活中常有讀書、看電影或其他閱聽的機會，若有所感，如何發之於文？當前許多網誌或FB幾乎都以照片為主，顯然大多數人不知如何將所見所感發於為文，故增列「讀後感」一章。另外，死亡是所有人都得面對的，如何預作準備，交代身後事，需要有所學習，預立遺囑，故本書設有「遺囑」一章。

⚫ 篇幅適中

　　做為應用文教材，或為因應生活需要，本書編寫將以合適翻閱、查找以及教學為原則，編寫舉例扼要簡潔，避免篇幅過

於龐大。

 習題與延伸閱讀

多數章節另列舉習題與延伸閱讀書目，幫助讀者進一步學習。

以上所舉諸點為本書特色。然不論考慮如何周詳，疏漏在所難免。希望讀者不吝指正，提供意見，做為我們繼續前進的動力。本書主筆老師皆教授應用文多年，各章撰寫人如下：第一章　書信／李綉玲；第二章　自傳與履歷表／許如蘋；第三章　柬帖／鄭婷尹；第四章　題辭／何淑蘋；第五章　書狀與單據／黃思超；第六章　企劃書／李宗定；第七章　廣告文案／黃雅琦；第八章　命名取號／鄭芳祥；第九章　閱讀心得／馬琇芬；第十章　演講稿／郭妍伶；第十一章　歌詞／林宏達；第十二章　遺囑／李宗定。感謝所有老師在教學研究的忙碌中無私投入本教材編寫，群策群力，彼此學習成長，誠職場難得之事。最後感謝五南圖書黃文瓊、吳雨潔編輯的耐心與細心。本書撰寫，獲實踐大學校內計畫補助（102-05-06003），在此一併致謝。

實踐大學應用中文學系系主任

李宗定

# 目 錄

第一章

書 信 / 李綉玲 / 1

## ⬤ 「書信」概說

### ㈠ 書信的意義

　　書信，是一種以文字爲工具來表情達意、請安問候、傳遞訊息、抒發胸臆及溝通意見的應用文書。書信的應用範圍相當廣泛，舉凡日常生活中個人與個人、個人與團體、團體與團體之間需要以文字的形式來問候、通知、慶賀、稱謝、婉謝、慰問、邀約、求職、說明、誡勉、協商等，皆可藉由書信來傳達。隨著時代的變遷，「現代書信」可依人、事的不同情況，將傳統書信的結構加以斟酌省略。

　　現今由於數位時代網際網路及智慧型手機的高度發展，「電子郵件」高度取代了書面的信件，成爲廣泛使用的通訊方式。以網際網路傳送的「電子郵件」和以紙筆撰寫的現代書信，雖然存在著書寫工具及傳遞形式的差異，但就功能性而言，兩者皆以「人」與「事」爲兩大主體，均有特定的接收對象以及所要傳遞的主旨內容，兩者亦須符合基本的格式要求。因此，「電子郵件」應視爲一種「現代書信」。

### ㈡ 書信的別稱

　　《說文解字》：「書，箸也。」「書」的本義是寫的意思。《說文解字》：「信，誠也。」「信」的本義是誠實不欺的意思。自古以來，由於書寫載體以及工具的改變，「書信」之異名頗多，曾國藩編《經史百家雜鈔·序》所云：「書牘類，同輩相告者，經如君奭，左傳鄭子家、叔同、呂相之辭皆是。後世日

書、日啓、日移、日牘、日簡、日刀筆、日帖，皆是。」其中的「啓」即開陳其事，將事情說清楚、講明白之意；「移」與「檄」之性質相近，為古代用於徵召、聲討等的官方文書。而「牘、簡、帖」之稱，乃因書寫材料的不同而得名，書寫於竹片曰「簡」、書寫於木片曰「牘」、書寫於布帛曰「帖」。至於「刀筆」之稱，乃因古用竹簡木牘代紙，以筆書寫，謬誤者以刀削而除之，後遂以刀筆為書札之代稱。此外，亦有因史書或文學作品的典故而產生的別稱，如「鴻雁」、「魚雁」、「雁音」、「雙鯉」、「華翰」等。

㈢ 書信的特性

### ❶ 具有特定的對象

　　書信的寫作有其特定的接收對象，即是受信者。這個對象可以是某個特定的人、特定的團體或是機關，而且隨著對象的輩分、關係及地位的不同，在稱謂、用語以及格式上也有所不同，措辭必須得體。在書信寫作中針對受信者的輩分大致可區分為三種層次，分別為上行、平行與下行。上行書信的受信者為長輩，如祖父母、父母、伯叔父母、長官、師長等；平行書信的受信者為平輩，如同胞兄弟姊妹、堂兄弟姊妹、同學、同事、朋友等；下行書信的受信者則是晚輩，如子女、學生、部屬等。

**② 具有一定的內容**

　　書信是以「人」與「事」爲兩大主體。當我們寫信時，除了要考量自己和受信者之間的關係與輩分爲何？同時也須思考書信的內容是爲何事而寫？是要談些什麼？一般而言，書信中談論的「事」可以略分爲以下四種屬性：

　　(1) **應酬性**

　　凡事關婚、喪、喜、慶的書信屬之。如壽誕、婚嫁、生子、開張、升官、弔唁等。

　　(2) **應用性**

　　凡事有求於對方，並希望達成的書信屬之。如推薦、謀職、請託、邀約、借貸、辭謝、感謝等。

　　(3) **聯絡性**

　　凡事關聯絡感情、懷友敘舊以及互通訊息的書信屬之。如敘別、思念、問候等。

　　(4) **議論性**

　　凡事關議論道理的書信屬之。如論學、論爲人、論處世、勸勉等。

**③ 具有專門的用語**

　　書信因對象的輩分、關係、性別及地位的不同，在稱謂、提稱語、啓事敬詞、應酬語、結尾敬詞、自稱、末啓詞及啓封詞等用語也有所不同，具有專門性與多樣性。

### ４ 具有一定的格式

　　書信有其一定的行款格式，例如「抬頭」和「側書」的規範。書信行文時，若是錯用格式，不但貽笑大方，甚至可能引發不必要的誤會；因此，認清對象並選用適當的格式才能寫作得當，符合禮節。

### ５ 具有實用的價值

　　近年來，由於科技進步、網路發達，人們逐漸以電話、電子郵件、網路即時通訊等取代紙本的書信；但這些通訊方式，雖有其優點，仍不如紙本書信來得正式。換言之，通訊方式的改變，不代表通訊內容的隨便。我們儘管改用電子郵件，但應有的書信禮節不能因此省略。

## ●　「信箋」結構

　　一封符合基本格式規範的書信，當中的箋文結構可以分為三段，即「前文」、「正文」以及「後文」。每封箋文可視個別情況將「前文」及「後文」當中的項目斟酌省略，但也不宜過簡。說明於下：

## （一）前文

主要在表達禮節。箋文一開始先和受信人打招呼，然後再說幾句寒暄問候的話。其項目包括「稱謂」、「提稱語」（可省）、「開頭應酬語」（最好不要省）及「啓事敬詞」（可省）。

## （二）正文

主要在敘明這封信的主旨，是這封信的主要內容，也就是為什麼要寫這封信？正文宜分段。

## （三）後文

主要是箋文結尾的應酬語和祝福語，猶如臨去時的道別與祝福。其項目包括「結尾應酬語」（最好不要省）、「結尾敬詞（敬詞＋問候語）」（敬詞可省，問候語不可省）、「自稱、署名、末啓詞」及「寫信時間」。

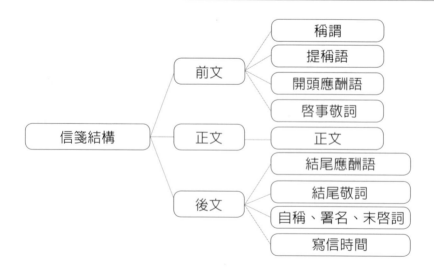

(一) 範例

鴻圖吾師道鑒：

　　時光似箭，轉瞬之間，已逾一年未見，不知　老師近來可好？

　　日昨從　家父口中得知　您榮獲本年度師鐸獎，<sup>學生</sup>與有榮焉。回憶高中三年，　您引領著我遨遊文學與創作的殿堂，讓我體悟到國文課的真諦與樂趣。高中三年，由於　老師殷切的指導與鼓勵，啓發了文學創作的濃厚興趣，亦使自己充滿信心與勇氣，在完成高中學業後，投向實踐大學應用中文學系的懷抱。

　　進入實踐大學應用中文學系就讀，一切順利，毋須掛心。實踐應中系就像一個大家庭，系上師生感情十分融洽。在課程學習方面，系上在傳統中文領域的基礎課程之外，更加強創意、寫作、設計、電腦、商業等專業技術課程。在未來三年，期望自己能持續增進閱讀及寫作能力，並藉由系上多面向的應用課程開發創意思維，培養更多元的能力。此外，在課餘之暇，自己亦參加了崇德志工社以及系排，從中學習如何服務人群、如何相互扶持以及奮力不懈的運動精神，讓<sup>學生</sup>在心智成長及體魄鍛鍊上獲益匪淺，是雋永難忘的人生體驗。

　　迄今，腦海中仍不時浮現　您的教誨：「積極的心，會得到成功的喜悅。」這句話有如一盞明燈，指引著我，在我失意的時候，鼓勵著我。感謝
老師當年播下這希望的種子！天氣多變，尚祈　珍重。敬此，恭請
誨安

<sup>學生</sup>李大展敬上

二〇一三年八月二十八日

## ㈡ 範例說明

### 1 前文

| 項目 | 範例 | 說明 |
|------|------|------|
| 稱謂 | 鴻圖吾師 | 對受信人的稱呼，這是一種禮貌，在信箋第一行起首的位置書寫。 |
| 提稱語 | 道鑒 | 請受信人讀這封信的意思。 |
| 開頭應酬語 | 時光似箭，轉瞬之間，已逾一年未見，不知老師近來可好？ | 這是敘明正事之前的客套話或寒暄語，現代書信雖然有時已不太使用，但適切的寒暄可藉以拉近感情。 |
| 啟事敬詞 | 省略 | 是陳述事情的發語詞，表示開始述說這封信的內容。例如對師長用「敬陳者」，意思是：「我要恭敬陳述的這件事是……」現代書信已很少使用啟事敬詞。 |

### 2 正文

| 範例 | 說明 |
|------|------|
| 從「日昨從　家父口中得知」……「感謝　老師當年播下這希望的種子！」 | 這是箋文的主體部分，這封信的表述內容兼有祝賀、問候、述況及感謝等層面。 |

**3** 後文

| 項目 | | 範例 | 說明 |
|---|---|---|---|
| 結尾應酬語 | | 天氣多變，尚祈　珍重。 | 這封信的結尾應酬語是希望對方保重之意，現代書信可省。 |
| 結尾敬詞 | 敬詞 | 敬此 | 表達敬意，「敬此」為「敬此奉達」的省略。 |
| | 問候語 | 恭請　誨安 | 又稱「祝福語」，主要在問候對方安好。 |
| 自稱 | | 學生 | 字體要略小偏右，以示謙卑，橫書縮小偏上。 |
| 署名 | | 李大展 | 對近親只寫名即可，其他人則要寫姓名。 |
| 末啓詞 | | 敬上 | 意思是把以上箋文中的事恭敬的告訴對方。 |
| 寫信時間 | | 二〇一三年八月二十八日 | 標明在末啓詞下方，字體略小。 |

**4** 行款格式

| 項目 | | 範例 | 說明 |
|---|---|---|---|
| 抬頭 | 挪抬 | 不知　老師近來可好？ | 箋文中的抬頭，是表示尊敬的用法。挪抬是在應抬頭的用語前空一格。例如此範例的「　老師」，在「老」字之前空一格。 |
| | 平抬 | ……感謝<br>老師當年播下這希望的種子！ | 平抬是把應抬頭的用語在下一行頂格書寫。例如此範例的「老師」二字原本應寫在「感謝」二字後面，卻寫在下一行的起首，是因為使用平抬的緣故。現代書信已多不用平抬，使用挪抬即可。 |
| 側書 | | <sup>學生</sup>與有榮焉 | 「學生」二字側書是為了表示自己的謙遜，不敢自誇、自大。 |

## ◆二 「信箋」寫作要領

### ㈠ 稱謂

### ◼ 信箋開頭的稱謂

是指信箋第一行起首位置的稱謂，是發信人對受信人的稱呼。各種稱謂皆有其一定的倫理，必須使用得體。

**⑴ 給家人或親戚的信**

對直系長輩，不可直呼其名，應寫稱謂。如爺爺（祖父）、爸爸（父親）。對關係較親近的親戚長輩，通常也寫其稱謂，不直呼其名。如伯伯（伯父）、姑姑（姑媽）、舅舅（舅父）等。對關係較疏遠的親戚，通常在名字前面加上稱謂，如「立偉表叔」。對平輩，可直呼其名，或在名字前面加上稱謂，如「家明吾兄」。對晚輩則直呼其名即可。

**⑵ 給師長的信**

不連名帶姓，通常只寫「姓」或「名」，再加上「老師」、「吾師」二字，如「李老師」、「美珍吾師」。

**⑶ 給朋友、同學、同事的信**

通常在名字後面加上「友」、「同學」、「仁兄」、「仁姊」、「吾兄」等。這裡的「兄」字、「姊」字，只是同輩朋友間相互的敬稱。

**⑷ 給公事往來人的信**

一般不稱名，只寫「姓」，再加上職稱，如「王經理」、「陳董事長」。

⑸ **給不太熟識的人的信**

通常稱其「姓名」再加上一般性的「先生」、「女士」、「小姐」等稱呼。若不知對方姓名，則可寫其職稱，再加「先生」、「女士」、「小姐」二字。如「記者先生」、「站長先生」等。

### ☑ 信箋正文中的稱謂

在箋文中若提及稱謂，則又可分為稱人與自稱兩類：

⑴ **稱「對方」有關的人或物**

| 慣用字 | 對象 | 稱謂 |
|---|---|---|
| 令 | 稱對方的尊長、卑幼 | 令尊（令嚴）、令堂（令慈）、令業師、令兄、令姊、令弟、令妹、令公子（令郎）、令千金（令媛、令嬡） |
| 尊 | 稱對方的尊長、妻室 | 尊翁（尊大人、令尊）、尊萱（尊堂、令堂）、尊夫人（嫂夫人、尊嫂、大嫂） |
| 賢 | 同時尊稱兩人時 | 賢喬梓（稱人父子）<br>賢昆仲、賢昆玉（稱人兄弟）<br>賢伉儷（稱人夫婦） |
| 貴 | 稱對方的學校、朋友、住宅、居處 | 貴校、貴友、貴府（貴宅、府上）、貴縣（市） |
| 寶 | 稱對方的店鋪 | 寶號（貴寶號） |

⑵ 稱「己方」有關的人或物

| 慣用字 | 對象 | 稱謂 |
|---|---|---|
| 家 | 稱自己的尊長、兄姊 | 家父（家嚴）、家母（家慈）、家伯（家伯父）、家伯母、家叔、家嫂、家兄、家姊 |
| 舍 | 稱自己的卑幼 | 舍弟、舍妹、舍弟婦、舍妹夫 |
| 小 | 稱自己的兒孫、店號 | 小兒、小女、小媳、小婿、小孫、小孫女、小號、小店 |
| 敝 | 稱自己的學生、朋友、學校、住宅、居處 | 敝門人、敝友、敝校、敝縣（市）、敝宅（寒舍） |
| 愚 | 對人自稱父子、兄弟、夫妻 | 愚父子、愚兄弟、愚夫婦 |
| 內 | 稱自己的妻子 | 內人、內子 |
| 外 | 稱自己的丈夫 | 外子 |
| 先 | 稱已歿的尊輩、兄姊 | 先祖父（先祖考）、先祖母（先祖妣）、先父（先考、先君）、先母（先妣、先慈）、先師、先兄、先姊 |
| 亡 | 稱已歿的弟妹、兒孫 | 亡弟、亡妹、亡兒 |

㈡ 提稱語

　　「提稱語」是緊接在稱謂後，是請對方閱讀信箋內容的意思，其下加冒號「：」，此項用語需依照發信人與受信人彼此間的關係而定，如對直屬長官，通常用「鈞鑒」、「賜鑒」。現行

較為簡略的書信中通常省略提稱語。然而，在正式書信與公務書信，仍應使用。

茲將常用的「提稱語」列表於下：

| 對象 | 提稱語 |
|---|---|
| 用於祖父母及父母 | 膝下、膝前 |
| 用於長輩 | 尊前、尊鑒、賜鑒、鈞鑒、尊右、侍右 |
| 用於長官 | 鈞鑒、賜鑒、尊鑒 |
| 用於老師 | 函丈、壇席、講座、尊前、尊鑒、道鑒 |
| 用於政界 | 勛鑒、鈞鑒、鈞座、台座、台鑒 |
| 用於軍界 | 麾下、鈞鑒、鈞座 |
| 用於宗教界 | 法鑒、道鑒 |
| 用於平輩 | 台鑒、大鑒、惠鑒、左右、足下 |
| 用於晚輩 | 青覽、青鑒、收攬、如晤、知悉、知之 |
| 用於喜慶 | 喜席、吉席 |
| 用於弔唁 | 禮席、禮鑒、苫次 |

### (三) 開頭應酬語

書信寫作，不論是有求於對方、應酬性書信或議論性書信，總不好開門見山，開頭總會寒暄幾句，或問候對方，或表達自己的思念、景仰之情，或表示祝賀之意，藉以拉近感情。傳統書信的開頭應酬語，如「久慕　高風，未親　雅範」，是對尊長的思慕語；「頃奉　手諭，敬悉一切」，是對尊長的接信語；

「馳念正殷，忽奉　大札」，是對平輩的思慕語。

現代書信的寫作，最好能依因時因景、因人因事，自己撰寫最貼切的開頭應酬語來表示問候或祝賀之意，或傳達思念及思慕之情，避免抄用傳統文言應酬語。

茲將現代書信常見的「開頭應酬語」列表於下，以供參考：

| 現代書信開頭應酬語 | 說明 |
| --- | --- |
| 工作繁忙，一直未能保持聯絡。 | 表達久未聯絡的情形 |
| 時光似箭，轉瞬之間，已逾一年未見。 | |
| 上次見面至今，倏忽已過了二年。 | |
| 近來工作一切順利，謝謝你的掛念。 | 告知對方自己的近況，讓對方放心。 |
| 你我已數年不見，別來無恙？我身體依舊，無須掛心。 | |
| 久未晤面，是否一切順利呢？ | 問候對方的工作、家庭與健康是否順利？是否安好？是最常見的問候方式 |
| 久未聞消息，近來可好？ | |
| 你最近好嗎？常常不經意地想起你。 | 向對方表達思念之情 |
| 分別多日，非常想念您。 | |
| 傾慕您的文采已久，但未有機緣和您見面。 | 向對方表達景仰之情 |
| 欣聞……，謹書數語，聊表祝賀。 | 向對方表示祝賀之意 |
| 前幾天至　貴公司拜訪，收穫頗豐，銘感五內。 | 向對方表達晤面後的心情 |
| 昨日拜訪，未遇，不勝悵然。 | 向對方表達拜訪未遇的心情 |
| 收到來信，一切皆已知悉。 | 接信語 |
| 之前寄的信，想必已經收到了。 | 寄信語 |

## ㈣ 啟事敬詞

　　是用來陳述事情的發語詞，表示要開始述說這封信的內容了，對父母親用「敬稟者」、「叩稟者」，對老師或親友長輩用「敬肅者」，對平輩或朋友用「敬啟者」；若覆信則用「敬覆者」；若託人某事者，長輩用「敬懇者」、平輩用「茲懇者」。「啟事敬詞」通常緊接在開頭應酬語之後，正文之前；若省略開頭應酬語時，就接在提稱語的冒號之下使用。示例如下：

---

鴻圖吾師道鑒：敬啟者

　　當此風春光明媚，鳥語花香之三月季節，最宜遊覽，……

………………………………

---

　　現代書信雖然已經很少使用啟事敬詞，但有時候我們並不知道收信人的姓名或稱謂（職稱），通常可以省略稱謂和提稱語，直接寫啟事敬詞為「敬啟者」。

　　示例如下：

---

敬啟者：

　　本人日前由電視新聞得知　貴局將出版百科全書一套………

………………………………

---

## ㈤ 正文

　　信箋主體，也就是書信的「正文」，是一封信的主旨所

在。其內容可以是應酬性、應用性、聯絡性或議論性的文字；但無論主題為何，正文的文字表達必須條理清楚、意旨明確、用語適切，以達到通暢達意的要求，使受信人一看，便知發信人所要傳達的意念。正文的書寫，除措辭方面，亦須留意款式，在款式上有幾點值得注意：

**１ 抬頭**

### (1) 抬頭的種類

箋文中若使用「抬頭」，是為了表示尊敬。「抬頭」有「三抬」、「雙抬」、「單抬」、「平抬」及「挪抬」五種。前三種已很少使用，現代書信通常使用「平抬」及「挪抬」兩種；但使用平抬時則需考慮到不能行行吊腳（吊腳是指某行沒有寫到底），破壞美感，因現代書信分段書寫形式，「平抬」也很少使用，僅保留「挪抬」為最常使用的方式。

**１ 平抬**

是將抬頭的字，在下一行頂格寫起。如下面示例的「老師」二字

鴻圖吾師道鑒：
　　……………………………………………………………感謝
老師當年播下這希望的種子！

**２ 挪抬**

是將抬頭的字，在原行低一格書寫（即在應抬頭的用語前空

一格）。如下面示例的「家」字、「您」字、「珍」字前面空一格

> 鴻圖吾師道鑒：
> 　　日昨從　家父口中得知　您榮獲本年度師鐸獎…………………
> …………天氣多變，尚祈　珍重。

(2) 抬頭的對象

**1 自己的尊親屬**

如「□家嚴（家父）」、「□家慈（家母）」，在「家」字之前空一格即稱之為挪抬。

**2 受信人有關的人或物**

如「□令尊」、「□令堂」、「□貴公司」、「趨□府」，在「令」字、「貴」字、「府」字之前空一格即稱之為挪抬。

(3) 使用原則

**1 抬人不抬己**

如「吾□師」，「吾」表示自己，「師」則是稱人，只能抬「師」，不能抬「吾」。

**2 行底不成抬**

有時某一行寫到最後一個字，下一個字正好要抬頭，如此便顯示不出抬頭；因此，可以增減這一行的字數，來顯出抬頭之位置。

## 2 側書

側書是將字略小書寫，直書時，略偏右側；橫書時，略偏上側。書信使用「側書」的目的有二，一是自表謙遜的謙側（用於箋文）；二是表示對對方恭敬的尊側（用於信封），意思是忌諱直呼對方的名字（不敢直呼對方名字），因而將受信人的名字側書。

### (1) 側書的種類

#### 1 箋文上的側書

是自表謙遜的謙側。因此，當自稱時，只能側書稱呼，不能側書名字。

#### 2 信封上的側書

是表示對對方恭敬的尊側，是對受信人表達尊敬、禮貌，意思是忌諱直呼對方的名字（不敢直呼對方名字），因而將受信人的名字側書。

### (2) 箋文側書的使用原則

#### 1 當自稱時：

如自稱「弟」、「姪」、「學生」，縮小偏右。

#### 2 涉及自己有關的事物：

如稱自己的房子為「敝宅」、「寒舍」，縮小偏右。

#### 3 談及自己的卑親屬：

如稱自己的兒女為「小兒」、「小女」，縮小偏右。

(3) 箋文側書的注意事項

① 尊親屬不側書

信中提及自己的父母、尊長，不側書；自己的尊親屬要使用的是「抬頭」，可用低一格的「挪抬」。如「□家嚴（家父）」、「□家祖父」等。

② 側書不抬頭

意指側書的「字」，要避免出現在某一行的開頭。

## 六 結尾應酬語

結尾應酬語與開頭應酬語同樣是藉以聯絡感情的，不同的是，開頭應酬語是表達問候、思念或景仰之情，結尾應酬語是表達企盼、希望或感謝之意。傳統書信的結尾應酬語，如「魚雁多便，幸賜　覆音」，是企盼對方回信（對平輩用）；「乍暖猶寒，尚乞　珍攝」，是希望對方保重（對長輩用）；「不情之請，幸祈　見諒」，是希望對方原諒（長輩、平輩通用）；「銘感肺腑，永矢不忘」，是向對方表示感謝之意（長輩、平輩通用）。同樣的，現代書信應避免抄錄傳統文言書信的結尾應酬語。

茲將現代書信常見的「結尾應酬語」列表於下，以供參考：

| 現代書信結尾應酬語 | 說明 |
|---|---|
| 冒昧提出要求，還請　包涵。 | 請對方對自己予以原諒（求恕語） |
| 此次連累大家，實感抱歉與慚愧。 | |

| 現代書信結尾應酬語 | 說明 |
|---|---|
| 請您就我能力所未及的地方，加以指正。 | 表示樂於接受對方指教（請教語） |
| 如獲　指教，受益良多。 | |
| 如能得到您的青睞，備感榮幸 | 請求對方幫忙（請託語） |
| 如蒙　提拔，當泉湧以報。 | |
| 銘感肺腑，沒齒難忘。 | 向對方表示感謝（感謝語） |
| 感謝您熱情款待。 | |
| 倘若方便，煩請回信。 | 企盼對方回信（候覆語） |
| 如能獲得您的回信，是我最企盼的。 | |
| 最近天氣多變，請多珍重。 | 請對方保重身體（保重語） |
| 寒氣襲人，請您多保重自己。 | |
| 隨信附上家鄉伴手禮一包，不成敬意，希望你會喜歡。 | 送對方物品（餽贈語） |

## ㈦ 結尾敬詞

　　意指箋文內容結束時為表禮貌的詞語，通常包含「敬語」與「問候語」兩部分。現代書信對於「敬語」往往省略，或僅用前兩字，例如「敬此」、「專此」等。但問候語是不可缺少的，例如對親友尊長或長官，用「敬請　崇安」；對師長，用「敬請　教安」；對平輩，用「敬請　台安」。

**1** 敬語

又分爲「申悃語」與「請鑒語」兩種：

(1) 申悃語

說明自己的話是出於誠意。申，陳述、說明。悃，至誠的心意。

(2) 請鑒語

用以表示請對方收鑒之意，可與「申悃語」連用，例如「專此，敬祈　亮察」。

茲將常用的「敬語」列表於下：

| 種類 | 對象 | 敬語 |
|------|------|------|
| 申悃語 | 尊長 | 肅此敬達、敬此、謹此 |
| | 平輩 | 耑此奉達、耑此、專此 |
| 請鑒語 | 尊長 | 乞賜□垂察、伏祈□垂鑒 |
| | 平輩 | 敬祈□亮察、諸維□惠察 |

**2** 問候語

又稱「祝福語」，主要在問候對方安好。例如「敬請　道安」則是對師長的問候語，其中「道安」則指陳對方，需要平抬，以表示敬意，因此將「道安」一詞另行頂格書寫。

茲將常用的「問候語」列表於下：

| 對象 | 問候語 |
|---|---|
| 祖父母、父母 | 叩請□金安、敬請□福安 |
| 尊長 | 敬請□鈞安、恭請□崇安 |
| 師長 | 敬請□教安、恭請□誨安 |
| 平輩 | 敬請□台安、即請□大安 |
| 晚輩 | 即問□近好、順問□近佳 |

## ㈧ 自稱、署名、末啓詞

### ❶ 自稱

　　自稱必須依照自己與受信人間的關係而定。例如受信人稱呼父親，自稱「兒」或「女」；受信人稱呼老師，自稱「受業」或「學生」；受信人是長官，自稱「受業」或「學生」；受信人是長輩，自稱「晚」或「後學」；受信人是平輩，自稱「弟」或「學弟」。

### ❷ 署名

　　自稱以下的署名，是一種負責與禮貌的表示。對近親的人，只寫「名」即可，其餘的署名，必須寫「姓」和「名」。

### ❸ 末啓詞

　　是表示寫信時恭敬的心意，不同的對象與輩分其末啓詞也會隨之不同。

茲將常用的「末啓詞」列表於下：

| 對象 | 末啓詞 |
|------|--------|
| 祖父母、父母 | 叩上、敬稟 |
| 尊長 | 謹上、敬上 |
| 平輩 | 敬啓、謹啓 |
| 晚輩 | 手書、字諭 |

(九) 寫信時間

　　寫信的時間標明在末啓詞下方，字體略小。

(四) 「信封」格式與寫作要領

　　一封完整的書信可分二大部分，寫在信封上的文字叫「封文」，信箋上的叫「箋文」。以下將分別介紹「中式」、「西式」以及「國際郵件」信封封文的格式及寫作要領。

(一) 中式信封

**1** 格式

　　中式標準信封是直行，中式信封的中間印有長方形的紅色線框。依此紅色線框為準，將信封分為三個部分，分別是框右欄、框內欄、框左欄。其包含的內容如下：

　　(1) 框右欄：受信人的「郵遞區號」、「地址」。

(2) 框內欄：受信人的「姓名」、「稱呼」和「啓封詞」。

(3) 框左欄：發信人的「地址」、「姓」（或「姓名」）、「緘封詞」和「郵遞區號」。

### 2 寫作要領

對於信封封文，從前有所謂「三凶四吉五平安」的說法，因此封文總共還是書寫成四行或五行為佳。茲將信封的「框右欄、框內欄、框左欄」的寫法說明於下：

(1) **框右欄**

①書寫受信人的郵遞區號、地址。

②受信人的地址只寫成一行即可，若字數多，可分成兩行，第一行寫行政區 （包括市縣、鄉鎮市區），第二行寫街路名稱（包括段、巷、弄、號、樓層及室）。若受信人有郵政信箱，則逕寫某某郵局第幾號信箱。

③受信人地址的第一個字，要低於框內欄受信人的「姓」。

④若信件是寄到受信人的服務機關或公司行號，則服務機關或公司行號必須「自成一行」，且第一個字的高度和受信人的姓平齊（抬頭）。

(2) **框內欄**

①框內欄（信封中間長方形紅色線框）是書寫受信人的「姓、名、稱呼」以及「啓封詞」。

②字與字之間的距離要預先估量好，必須等距；惟「啓

封詞」的第一個字與受信人「稱呼」的最後一個字之間留有較大的距離。

③受信人的「姓」及「啓封詞」的最後一個字均不可觸線。

④受信人的「姓＋名＋稱呼」的正確組合方式有四種，這四種組合所表示的禮貌程度不同。茲說明於下：

(a)第一種組合：「姓」＋「名」＋「一般性的稱呼」。一般性的稱呼是指「先生、女士、小姐、君」等稱呼，例如「王大華先生」。此種寫法較爲普通與一般。

(b)第二種組合：「姓」＋「名」＋「職務上的稱呼」。若受信人工作上有比較特別的職稱，可將其「職稱」取代一般性的稱呼，禮貌意味稍濃。例如「王大華主任」。

(c)第三種組合：「姓」＋「職稱」＋「名」。例如「王主任大華」。將受信人的「職稱」置於「名字」之前，禮貌意味更濃。

(d)第四種組合：「姓」＋「職稱」＋「名（側書）」。

(d)與(c)組合順序相同，不同在於(d)的名字「側書」（略小偏右）。信封上使用側書，是對受信人表達尊敬之意，意指不敢直呼對方名字。這種寫法禮貌意味最濃，例如「王主任<sup>大華</sup>」。

圖示：

(a) 第一種組合：姓──名──一般性稱呼

王大華先生道啓

(b) 第二種組合：姓──名──職稱（禮貌意味稍濃）

王大華主任道啓

(c) 第三種組合：姓──職稱──名（禮貌意味更濃）

王主任大華道啓

(d) 第四種組合：姓──職稱──名（禮貌意味最濃）（名字側書）

王主任大華道啓

⑤信封上的「側書」：是對受信人表達尊敬、禮貌，意思是忌諱直呼對方的名字（不敢直呼對方名字），因而將受信人的名字側書。側書的使用有一定的規則，說明於下：

(a)只用在受信人的「名」或「字號」，不可用在受信人的稱呼與職位。畢竟自古以來有所謂避名諱的禮儀，為了要避免直呼對方的名字，我們可以稱呼對

方為某某「先生、女士、小姐」，或是以「職稱」稱呼對方，是很普遍的現象，不需避諱。

(b)「啓封詞」不可側書。

(c)用在「姓＋職稱＋名」的順序組合，在此形式的基礎上，再將「名字」加以側書，成為禮貌意味最濃的寫法。

⑥啓封詞：信封框內欄最後的「啓封詞」是發信人請受信人開啓這信封的用語，一般加在稱謂之後，如寫給父母，可用「安啓」。但啓封詞用「敬啓」、「恭啓」等詞是錯誤的寫法，因為要人「恭敬地打開你的信封」是不禮貌的。明信片因為沒有信封，也就沒有啓封詞，所以在稱謂之後改用「收」字。

茲將常用的「啓封詞」列舉於下：

| 對象 | 啓封詞 |
| --- | --- |
| 對有血統關係的祖父輩 | 福啓 |
| 對有血統關係的父親輩 | 安啓 |
| 對有道德學問的師長 | 道啓 |
| 對直接、有地位的長官用 | 鈞啓 |
| 對普通的長輩 | 賜啓 |
| 對從事軍公職的平輩 | 勛啓 |
| 對從事教職的平輩 | 文啓 |
| 對平輩、朋友 | 台啓、大啓 |
| 對晚輩 | 收啓 |
| 對居喪的人 | 禮啓、素啓 |

(3) 框左欄

①書寫發信人的地址、姓（或姓名）、緘封詞以及郵遞區號。

②發信人地址的第一個字，只要低於「框右欄」受信人地址的第一個字即可，也是表示一種謙遜之意。

③發信人的地址只寫成一行即可，若字數多，可分成兩行，第一行寫行政區（包括市縣、鄉鎮市區），第二行寫街路名稱（包括段、巷、弄、號、樓層）。

④第二行最後還要加上發信人的姓或姓名，在姓或姓名之下，還有「緘封詞」。

⑤緘封詞：「緘」，彌封；「緘封」，親手彌封好信封之意。明信片因無法緘封，也就沒有緘封詞，所以只能改以「寄」字。「緘封詞」是給受信人看的，表示發信人的愼重。受信人是長輩用「謹緘」，平輩或晚輩可一律用「緘」。

3 中式信封範例

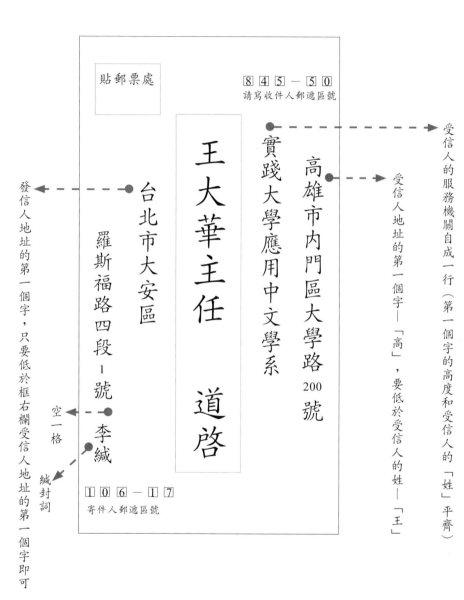

貼郵票處

845－50
請寫收件人郵遞區號

受信人的服務機關自成一行（第一個字的高度和受信人的「姓」平齊）

實踐大學應用中文學系

高雄市內門區大學路 200 號

受信人地址的第一個字──「高」，要低於受信人的姓──「王」

王大華主任　道啟

台北市大安區

羅斯福路四段 1 號　李緘

空一格　緘封詞

發信人地址的第一個字，只要低於框右欄受信人地址的第一個字即可

106－17
寄件人郵遞區號

㈡ 西式信封

## ① 格式

西式信封的格式與寫法原為橫式橫書，但為了因應國人原有的封文直式直書的寫作習慣，因此也將西式信封以橫式直書作為其中的一種格式。其格式主要是將空白的信封區分為以下兩部分：

(1) **信封左上角（寄件人欄位）**

包括寄件人郵遞區號、地址、姓名、緘封詞（亦可書於信封背面）。

(2) **信封中央偏右（收件人欄位）**

包括收件人郵遞區號、地址、姓名。

## ② 寫作要領

不論寄件或收件者的欄位，郵遞區號書寫於地址上方第一行，最後則是將郵票貼於信封右上角。其書寫順序如下：

第一行：郵遞區號

第二行：地址

第三行：姓名或商號名稱

## ③ 西式信封範例

以下為中華郵政國內郵件橫式信封書寫式樣：

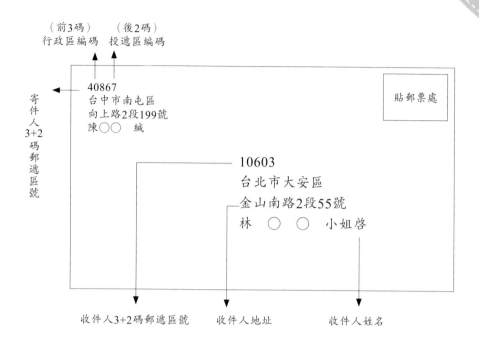

（前3碼）　（後2碼）
行政區編碼　投遞區編碼

40867
台中市南屯區
向上路2段199號
陳○○　緘

寄件人3+2碼郵遞區號

貼郵票處

10603
台北市大安區
金山南路2段55號
林　○　○　小姐啓

收件人3+2碼郵遞區號　　收件人地址　　收件人姓名

（三）國際信封

**1** 格式

　　其格式主要是將空白的信封區分為以下兩部分：

⑴ **信封左上角（寄件人欄位）**

包括寄件人姓名、地址及郵遞區號（亦可書於信封背面）。

⑵ **信封中央偏右（收件人欄位）**

包括收件人姓名、地址及郵遞區號。

**2 寫作要領**

　　書寫順序如下：

　　第一行：姓名或商號名稱。

　　第二行：門牌號碼、弄、巷、路街名稱。

　　第三行：鄉鎮、縣市、郵遞區號。

　　第四行：國名。

　　以上要特別留意的是，國際信件上的地址寫法與國內信件寫法不同，不論收件人或寄件人欄位，其內容書寫的順序依序為第一行寫上姓名或公司行號，第二行寫上門牌號碼、弄、巷、路街之名稱，第三行寫上鄉鎮、縣市、郵遞區號，第四行寫上國名。

**3 國際信封範例**

　　以下為中華郵政國際郵件橫式信封書寫式樣：

Yu Chi Enterprise Co., Ltd.
No. 5, Taiyuan Road
Datong District, Taipei City 10349
Taiwan (R. O. C.)

　　　　　Mr. George Hsiao
　　　　　11B South State Street
　　　　　Chicago, Illinois 60603
　　　　　U.S.A.

## 五 電子郵件（E-mail）

### (一) 特點

時至今日，電子郵件隨著網際網路的高度發展，成為廣泛使用的通訊方式。電子郵件有許多優點是傳統紙本書信所不足的。例如最快速的時空傳達、二十四小時全天無休、可同時對多人傳送以及可夾帶附加檔案傳送影音動畫及圖片等。不過，傳統手寫書信仍有其無可取代之處，畢竟電子郵件總是缺少了一些人情味。

### (二) 寫作要領

#### 1 主旨簡明精確

一封主旨精確的電子郵件標題，可以提醒收信人在瀏覽眾多信件時即可得知寄件者來信的用意，迅速掌握正確的訊息與重點。

#### 2 符合基本的結構要求

電子郵件雖然並不嚴格要求符合傳統書信的結構與用語，但電子郵件為了符合基本的禮節，仍必須因對象輩分、關係的不同，在稱謂、結尾問候語以及最後的自稱、署名、末啓詞等參考傳統書信的格式與用語，適當的使用，不可省略。至於開頭應酬語以及結尾應酬語，若電子郵件的開頭想要表達問候、思念或景仰之情，結尾想要表達企盼、希望或感謝之意，亦可因個人情況

適切使用。

**3 合宜的稱呼收件者**

　⑴ 若是第一次寄電子郵件給某位林姓的先生或女士時，可稱呼對方爲：「林先生（女士）：」

　⑵ 若是寫信給某公司或機關團體的某位經理時，應稱呼其職銜，例如「王經理：」

　⑶ 若是不知道收件人的姓名或稱謂（職稱），宜使用「敬啓者」三字作爲電子郵件內容的開頭。所謂「敬啓者」的「啓」是陳述的意思，「敬啓者」是陳述事情的發語詞，表示要開始述說這封信的內容了，意即我要恭敬地告訴您以下的事情。

**4 正確的使用自稱、署名與末啓詞**

　電子郵件的結尾，可以參考書信的「自稱、署名與末啓詞」的格式。例如寫信給直屬長官，結尾可作「職○○○謹上」。

**5 正確使用標點符號**

　電子郵件的標點符號，仍應正確的使用。要避免誤用一些標點符號，例如：「句號」常以「．」或「！」替代，或全文皆用逗號「，」區隔。

**6 檢查內容，避免錯別字**

　電腦輸入的電子郵件必須多加留意同音字或近音字的誤用。因此，在完成一封電子郵件之後，宜重新檢查文字內容再傳

送，以免貽笑大方甚至阻礙信件內容的正確傳達。

(三) 範例

> 李老師：
>
> 　　今日上午，<sup>學生</sup>因感冒發燒，無法到校上課，懇請准予明日補交作業，感謝　老師的關懷。恭請
> 誨安
> <sup>學生</sup>○○○敬上

## 六 習題

(一)

> 文昌學長台鑒：敬啟者
>
> 　　你我已數年不見，近來可好？
> 　　日前欣聞　學長榮膺新職，身為學妹，亦感榮焉！…………
> ………………現正值歲末寒冬，請多保重。專此，敬請
> 台安
> <sup>學妹</sup>雪舞敬啟
> 二○一三年九月九日

　　1.「台鑒」、「敬啟者」、「專此」在信裡的作用為何？
　　2.這封中文信箋的結構包括哪幾個部分？請一一列舉。
　　3.你有觀察到這封中文信箋在格式上值得注意的地方嗎？
(二) 試擬一封求職信。
(三) 請寫一封符合格式的信封。

㈣請寫一封電子郵件寄給這門課的任課老師，簡要陳述相關的自我資訊。

（以150字為限，內容必須包括「稱謂、結尾問候語、自稱、署名、末啓詞」等結構）

## 七 延伸閱讀

㈠信世昌主編：《現代應用文》，台北：五南圖書，2007。

㈡林安弘編著：《應用書信與公文》，台北：全華圖書，2009。

第二章

## 自傳與履歷表／許如蘋　／37

「選我！選我！」——自傳與履歷表的目的。

撰寫自傳與履歷表，就是行銷自我，讓人認識你、了解你，進而錄用你。因此，一份好的「自傳與履歷表」，可以讓你獲得面試的入場券；反之，則埋沒了你的專業與技能。

雖然，我們從小到大都曾寫過類似自傳的作文，諸如〈我的家庭〉、〈我的志願〉。因此，寫一篇自傳，應當不是一件難事。但是，要寫一篇可以清楚明白道盡自己的故事，並且打動人心，更進一步想要錄取你的自傳，就不是一件容易的事。

本章節的目的，即是教導如何撰寫一份成功的自傳與履歷表，藉此以推銷自我。

## 一　「自傳與履歷表」意義

「自」，自述，敘述自我生平事蹟。「傳」，「傳記」，撰寫一個人的事蹟與志業。因此，「自傳」，指的是敘述生平事蹟與志業的文章。

「履」，鞋子，引申為行走、實踐之意。「歷」，經歷。「表」，表格。因此，「履歷表」，指的是以表格條列出個人之經歷。

## 二　學習目標

自傳與履歷表，雖為同一份推薦自我的資料，但是，兩者的寫作方式不同。

自傳是以感性的文字內容為主，主觀呈現個人的人格特

質，強調的是說一篇令人心動的故事。履歷表是以理性的資料數據爲主，客觀條列個人的獨特能力，強調的是突顯與衆不同的經歷。

　　本章節的學習目標，掌握自傳與履歷表的寫作原則，了解自傳與履歷表的內容結構，注意自傳與履歷表的撰寫技巧。

## 自傳與履歷表製作流程

1 資料蒐集

　　寫作自傳與履歷表之前，必須先回想自己的成長歷程，有哪些事件、人物、環境等等，對自己有深刻而正面的影響？

**2 去蕪存菁**

　　將需要撰寫的資料一一排序其重要性，並刪去不重要或與應徵職務無關的資料。

**3 構思縝密**

　　必須為你想錄取的職務，量身訂造一篇得以引人注目的故事，這個故事必須打動面試官。

**4 校稿訂正**

　　撰寫完畢，必須反覆誦讀，檢查是否與履歷表相符？尤須再三檢查、訂正錯字，並且請親友師長幫忙校稿訂正。

**㈣ 結構**

　　自傳的寫作，並沒有固定的形式，是十分具有個人風格特色的文章。尤其是推薦自我的自傳，通常是以一個故事「點」吸引注目。因此，以下的自傳結構所述者，得以成為故事敘述的重要成分，則應詳加描寫；若非故事敘述中的要項，則可概述或略去。

**㈠ 自傳的結構**

**1 基本資料**

　　**(1) 成長環境**

　　包括個人的成長背景、生長地域、家世背景等等，描寫重點在於：一、環境對你的影響；二、你對環境的情感。

⑵ 家庭成員

可以選定一位對你影響較深的家人，詳細敘述。

⑶ **個性興趣**

個人性格與興趣嗜好，必須正面書寫得以突顯你的人格特質為主。

以上各項若在履歷表中已條列或說明者，則可視情況省略。

**2 求學經驗**

⑴ **學校資料**

依時間先後順序，排列學校詳細名稱。

⑵ **修業狀況**

包括主修專長、其他選修或轉系情形等等。描寫重點放在大學以後的求學經歷，並分析所修習的課程所帶來的益處與影響。

⑶ **幹部經驗**

擇一相關幹部經歷詳加描述。以表達個人溝通、協調、領導能力為主。

⑷ **競賽成果**

獲得各類獎金、獎項的經驗，尤其可展現個人的學習能力或與所求職務相關者，必須多加著墨。

⑸ **人際關係**

書寫自己與同學、師長的相處情形。可以回顧印象深刻的師長帶給你的啟發、影響等等。

　　以上各項須選擇自己印象最深刻、最有收穫或最有成就感的部分，透過自傳的強調，加深學術主管或雇主對你的印象。切記，不必每個求學階段都敘述，只選擇與所求職務相關，或最近的一個求學階段即可。

③ 工作經驗

(1) 公司資料

　　曾任職或打工的公司名稱、地點、性質等等，須確實記載。

(2) 工作內容

　　須呈現優良正面的服務績效。描寫重點在於以具體事件說明之。

(3) 工作心得

　　包括與同事之間的合作協調、工作過程的自我省思與離職原因等等。

　　已呈現於履歷表者，不必重複敘述。可針對最重要或收穫最大的工作詳述自己的成長。尤其是與欲應徵的工作職務有密切相關者，亦須多加說明。社會新鮮人可強調在學時期的打工經驗，服過兵役者也可陳述部隊中的經驗與收穫。

④ 未來展望

　　可以說說從近三個月到一年的短期計畫，甚至是兩、三年之後的中長程計畫。描寫重點在於自我的才能訓練，得以貢獻於聘用單位。

## ㈡ 履歷表的結構

　　履歷表可概分為兩種，一是履歷卡，一是履歷表。履歷卡，通常使用於一般商店及工廠召募普通職員時的簡歷。履歷表，則是填寫資料較詳細，為一般公司行號徵求幹部時使用。也就是說，履歷表的製作，可以由簡至繁，也可以加入自我的創意巧思，以引起求才單位的注意。不過，履歷表的結構大致上由以下的項目組成：

1. 姓名：須填寫真實姓名。
2. 性別：填寫「男」、「女」。
3. 年齡：寫足歲，生日須與身分證相符。
4. 籍貫：依身分證填寫。
5. 身分證號碼：依身分證填寫。
6. 學歷：先寫最高學歷全名、修業狀況，再填次高學歷，以此類推。
7. 通訊處：寫方便聯絡的住址。
8. 戶籍地：依身分證填寫。
9. 永久住址：填寫不易變動的住址。
10. 電話：手機及方便聯絡的電話。
11. 電子信箱：填寫方便聯絡的E-mail信箱。
12. 兵役狀況：填寫免役、待役或役畢。
13. 婚姻狀況：填寫已婚或未婚。
14. 家庭狀況：填寫最近的父母、夫妻、兄弟、子女的簡要資料。

15. 曾任職務：寫過去的經歷及職位。若無任職經歷，可寫曾任班級、社團幹部，或是受訓、檢定、得獎事實。

16. 應徵職務：所期望的職位或工作。

17. 語文能力：填寫外語或方言能力。

18. 專業證照：填寫與應徵工作相關的證照或檢定技術。

19. 希望待遇：可參考人力銀行資料填寫，或填「按　貴公司規定敘薪」。

20. 希望工作地點：依公司的性質、求職者的意願，填寫欲赴任的工作地點。

21. 貼照片：最近二吋半身照片，背面先寫上姓名，以免脫落。

## 五 自傳與履歷表寫作原則與注意事項

### ㈠ 自傳與履歷表寫作原則

#### 1 履歷表的寫作原則

**(1) 資料翔實**

資料須詳細且不得假造。

**(2) 簡明精準**

文字須簡潔明確，切勿使用立可白。

**(3) 格式合宜**

依所應徵之職務，製作合宜的表格，原則上職務層級的高低與表格的精細須配合。

(4) 工整乾淨

儘量讓履歷表看起來乾淨、清楚，不宜一再影印，以致模糊不清。以手寫者也要達到工整乾淨為原則。

### 2 自傳的寫作原則

(1) **誠懇感人**

人是感性的動物，說一篇令人感動的故事，容易留下深刻印象。

(2) **行文流暢**

流暢的文筆，使閱讀過程愉快。

(3) **重點描述**

須在有限的字數裡，呈現個人特質，勿撰寫與求職無關的經歷。

(4) **正確使用文法、標點**

錯誤的文法、標點，將傳遞錯誤的資訊。

(5) **語氣積極、不卑不亢**

積極正面的語氣，較易獲得肯定的回應。

## (二) 自傳與履歷表撰寫注意事項

### 1 避免常見的撰寫缺點

(1) **惜墨如金**

將就讀學校、科系或公司行號以縮寫表示。

⑵無所不談

　　將從小到大擔任的各個幹部，或幼稚園、小學時的演講比賽、大隊接力賽等，鉅細靡遺的一一寫出。

### ② 避免抄襲網路的範本

　　網路上有許多好的範例，可以提供參考。如果加以抄襲，個人的誠信會大打折扣。

### ③ 絕不可犯的事項

　　⑴錯別字；⑵字跡潦草；⑶暴露缺點；⑷過分吹牛；⑸說謊作假；⑹談論爭議性話題。

## 六 範例

### ㈠ 人力銀行自傳、履歷表

姓名：　　　　　　　性別：　　　　　　　役別：

出生日期：民國　　年　　月　　日
身高體重：　　　公分　　　公斤
E-mail：
聯絡電話：手機
　　　　　住家
聯絡時間：08：00〜24：00
通訊地址：
駕駛執照：普通重型機車駕照、普通小型車駕照
交通工具：普通重型機車、普通小型車

照片

## 學歷

××大學化研所（臺灣）

科系名稱：化學所　　　　　科系類別：化學相關

學　　歷：碩士　　　　　　就學期間：

## 經歷

技術部經理／××股份有限公司

職務類別：材料研發人員　　產業類別：化學相關製造業

管理責任：管理人數5～8人　公司規模：1～30人

工作地點：　　　　　　　　工作待遇：

工作內容：

研究員／××股份有限公司

職務類別：材料研發人員　　產業類別：化學相關製造業

管理責任：無　　　　　　　公司規模：500人以上

工作地點：

工作內容：UV，硬化塗料配方開發，PET材質強化保護hard coating，紙上光塗料PE軟管用保護塗料，各類塑膠材質用保護光油。

工作年資：總工作年資（4～5年）

　　　　　同類工作經驗：全職／材料研發人員　年資（1～2年）

　　　　　同類工作經驗：全職／其他工程研發主管　年資（3～4年）

## 求職條件

希望職務名稱：研發製程工程師

希望職務內容：希望能在工作上學習到新的技術及知識，能有不斷學習的機會。

最快可上班日：錄取後，隨時可上班

希望工作性質：全職

希望職務類別：材料研發人員、化工化學工程師、特用化學工程師

希望從事產業：化學相關製造業、電子零組件相關業、半導體業、非金屬礦
　　　　　　　物製品製造業、醫療器材製造業
希望工作地點：高雄市、高雄市、台南市、台南市
希望薪資待遇：依公司規定

## 技能專長

語文能力：外文－英文　聽（中等）　說（中等）　讀（精通）　寫（精通）
　　　　　方言－台語（精通）
擅長工具：Mac OS、Windows 2000、Windows 98、FrontPage、Excel、
　　　　　Outlook、PowerPoint、Word、中文打字50~75、英文打字75~100
工作技能：1.有機金屬化合物之合成以及應用於非對稱催化反應
　　　　　2.應用有機分子於有機發光二極體及液晶光學開關之研究
　　　　　3.有機、無機分析儀器之操作及微量有機化合物之分析
　　　　　4.有機光譜學之應用（NMR、HPLC、IR、UV、MS、CD-ORD、
　　　　　CV、偏光顯微鏡在於液晶相上的使用、螢光儀等）

## 自傳

中文自傳：　　　我的父親退休於××中小企業銀行，現擔任大樓管理主任。
　　　　　我的母親，曾是個裁縫師，家境普通。我的哥哥，畢業於××大
　　　　　學××研究所，現於××高商任教。另外還有個弟弟，現正就讀
　　　　　於××大學××研究所。
　　　　　　　我已於××大學化研所畢業。從小最常得的獎項，皆是屬於
　　　　　美術比賽類。在高中常擔任風紀及體育股長，也參與許多活動策
　　　　　劃及執行。大學時代就讀於××大學化學系，在大學期間仍以擔
　　　　　任體育幹部居多。大學最常打的工便是家教，以及在過年除夕前
　　　　　擺攤賣春聯。在大學期間就以此方式使自己獨立，並訓練自我面
　　　　　對不同人溝通的方式。研究所生活中最難忘的就是曾經為了證明
　　　　　一個想法，有兩個禮拜幾乎每天只睡兩個鐘頭的紀錄，雖然最後

結果不甚理想，但卻訓練了我獨自作業的能力，我想不管時代如何變化，這一種「責任心」以及抗壓的素質都是很重要的。而與同學的相處，更是融洽，不會刻意去打壓別人或為人貶低。研究所專長於有機合成以及各類有機物質性質測定，碩士論文主要是對於液晶光學開關以及新型有機發光材料合成及光物理、光化學行為測試，我想在研究所的這些訓練，對於材料開發或合成方面的工作肯定有所幫助。

畢業後的第一份工作，是××股份有限公司研究員，主要工作內容為各類的配方調整，這份工作需要對材質有充分的了解以及與客戶接觸，因此溝通是最重要的課題；××股份有限公司在於技術方面有非常良好的學習環境，周遭的同事也都非常熱心，只要自己有心，通常工作上的問題都有解決的方向。紫外光硬化塗料特點為工時短、節省能源、低溫以及產能高，特別適用於不耐高溫的材質，如紙上光油及各類型塑膠面漆。在××股份有限公司的產品，如無溶劑型的紙上光油及PET薄膜強化塗料（隔熱紙用）均已量產販售。

第二份工作在××股份有限公司擔任技術部經理，這是一家有50年歷史的家族企業，原本並無明顯的研發體系，幸能得到公司栽培，參加經濟部主辦的研發管理經理人班訓練，結業且取得××大學管理學分（8學分），並利用機會建立其技術部研發體系，並在前年申請經濟部鼓勵中小企業研發（SBIR）計畫經費核准，已於去年執行並結案。在小公司雖無大型公司的資源，但卻更能學到一家公司運作經營及組織。在技術方面，開發出了耐候級，運用於PC材質（透明車燈外殼）的保護塗料，此塗料目前也搭配××公司PC料於美國進行認證當中，另外其他產品如車燈反射鏡用電鍍耐熱底漆（PC、ABS、PA等素材）及PET薄膜強化塗料（隔熱紙用）……也已量產銷售。

另外於這幾年也曾因公務而多次出國，深覺英語之重要性，

也曾考過TOEIC認證。目前的工作雖仍具挑戰性，但與後來的生涯規劃可能不相同，因此希望轉換工作環境，希望能有機會進入貴公司接受人生下一階段的挑戰。

作品附件：附件1

## 推薦人

| | |
|---|---|
| 姓　　名：○○○ | |
| 服務單位：××國立大學 | 職　　銜：教授 |
| 聯絡電話： | E-mail： |
| 姓　　名：◎◎◎ | |
| 服務單位：××國立大學 | 職　　銜： |
| 聯絡電話： | E-mail： |

## ㈡ 範例二

### 【履歷表】

| 應徵職務 | | | | 照片 |
|---|---|---|---|---|
| 姓名 | 鄭×× | 性別 | 男 | |
| 出生年月日 | ×年×月×日 | 身高 | 180cm | |
| 婚姻狀況 | 未婚 | 體重 | 85kg | |
| 聯絡電話 | (07)750×××× | 手機 | 0932×××××× | |
| 戶籍地址 | 高雄市×××區××路×巷×號 | | | |
| 通訊地址 | 同上 | | | |
| 電子信箱 | Hp××××@yahoo.com.tw | | | |
| 教 育 程 度 | | | | |

| 學校 | 科系所 | 科系類別 | 修業年限 | 肄業／畢業 |
|---|---|---|---|---|
| 永達技術學院 | 機械系 | 汽修組 | 2001/9 | 畢業 |

| 家 庭 成 員 | | | | |
|---|---|---|---|---|
| 稱謂 | 姓名 | 年齡 | 服務單位 | 職稱 |
| 父 | 鄭×× | | ××電信 | 公務人員 |
| 母 | 黃×× | | | 家管 |
| 弟 | 鄭×× | | ××汽車 | 業務專員 |
| | | | | |

| 工 作 經 驗 | | | | |
|---|---|---|---|---|
| 公司名稱 | 部門 | 職稱 | 工作期間 | 工作內容 |
| ××汽車 | 引擎部 | 技工 | 1997/9～2001/3 | 汽車修護 |
| ××汽車 | 三部 | 業務專員 | 2001/4～2006/4 | 汽車銷售 |
| ××汽車 | 三多所 | 業務專員 | 現任 | 汽車銷售 |

| 證照 | 汽修技工執照 | 駕駛執照 | 機車駕照 | 大型重型機車 |
|---|---|---|---|---|
| | | | 汽車駕照 | 職業大客車 |
| 證照 | 乙級汽修技術執照 | | | |
| 證照 | 財產保險業務證照 | | | |
| 專長 | 汽車引擎修護、汽車行銷 | 希望待遇 | 依公司規定 | |

**自傳**

　　我來自一個具有傳統觀念的家庭，父親是××電信的公務人員，母親是個家庭主婦。從小父母相當重視我們的教育，在日常生活中不時引導我們，要對自己做的每件事負責；積極培養待人處事之道、學習他人的優點；也告訴我們，必須不斷更新自我的能力，才得以在社會上具備競爭力。這些叨叨絮絮的話語自小便根深在我的心靈，成為日後人格發展的一個重要的基礎，也因為如此，家裡的小孩較同齡孩子更加成熟。家中排行老大的我，個性溫和，樂觀積極，容易與人相處，因此建立了良好的人際關係。我最大的優點是待人誠懇，熱心助人。

　　完成學業後我入伍服役，於陸軍保修署受銜接訓。在這期間我深深體會到團隊精神，更加無時無刻要求自己，在團隊裡，合作才是最佳的具體作為。我的工作態度是負責任，我的工作原則是每件事都須負責；一旦投入工作就會盡力去完成它，要求自己保持最佳工作狀態。此外，良好的工作環境，來自良好的人和關係，因此，我也會在工作上與同事相處融洽，並建立良好的人際關係。

　　退伍後，發現必須對自己的未來有所規劃。在人生版圖中即將開始鋪路的我，第一階段，以本身機械科系的背景，再加上對汽修類型的工作也非常有興趣，故在十七歲時開始的第一份工作，就是到汽車保養廠當學徒。當時是我十分嚮往的工作，所以毫無半點怨言。此間我仍不忘學業，以半工半讀的方式完成了二專的學歷。在書本中讀取到的汽修知識，讓我在維修技術中又更上一層樓。在工作中不但可以累積自己的經驗，也可以增加自己的一技之長，尤其在汽車修護保養工作中，其實也間接和顧客接觸，像是對顧客說明相關修護內容，和使用上操作須知，更進一步的明白與顧客的良好溝通，也是一門重要的課題。在社會大學裡，有很多的東西是學不完的，不管是工作或是人際關係等等，於是期許自己藉由工作拓展人脈、學習不一樣的智慧，因此在第十年的職場生涯裡，我做了一個重大的決定──轉換跑道。

　　承襲之前在職場所學，邁入我人生版圖的第二階段。××汽車是我成為業務的第一個起跑點，十年的汽車維修底子將是我最大的武器之一，與顧客溝通及人際關係則是我的武器之二。轉眼間在××汽車服務了六年，隨後再到××汽車服務也近六年。就在這年關將近之時，經由朋友介紹得知了　貴公司應徵租賃及貸款業務，此一職缺正是我擔任汽車業務時已頗有涉獵，十分希望有機會能進入　貴公司，並為　貴公司服務。

　　我將人生最後一個階段的規劃，放在　貴公司。既然是最後一個階段，即是希望得以榮幸的在　貴公司長期服務，我會將畢生所學都貢獻

給　貴公司。　貴公司是所有汽車業務中的佼佼者，也是我設立的最終目標，　貴公司所有的相關知識、領域都在專業之上，誠摯的希望　貴公司可以給予機會，讓我進入　貴公司服務。

㈢ 範例三

## 【履歷表】

### 一、基本資料

| 姓名 | 中文 | ○○○ | 出生日期 | ○年○月○日 | 身分證字　號 | | | | | | 照片 |
|---|---|---|---|---|---|---|---|---|---|---|---|
| 性別 | 女 | 籍貫 ○○市 | 血型 | □A ■O<br>□B □AB | 婚　姻狀　況 | ■未婚<br>□已婚 | 子女數 | ○ 人 | | | |
| | | | | 身高 | ○ cm | 體重 | | ○Kg | | | |

| 通訊地址 | 高雄市　○○區　○○街 ○○巷○○號 | 電話 | ○○○○○○ |
|---|---|---|---|
| E-mail | ○○○○@yahoo.com.tw | 手機 | ○○○○○○ |

### 二、教育程度

| | | 科 / 系 / 所 | 修業期間 | 日夜 | 畢肄 |
|---|---|---|---|---|---|
| 博　士 | 國立○○大學 | 中文所博士班 | 自○○年○○月至○○年○○月 | 日 | 畢 |
| 碩　士 | 私立○○大學 | 中文所碩士班 | 自○○年○○月至○○年○○月 | 日 | 畢 |
| 大　學 | 私立○○大學 | 主修中文<br>輔系日文 | 自○○年○○月至○○年○○月 | 日 | 畢 |

### 三、工作及經歷

| 學校名稱 / 任職部門 | 職務 / 稱 | 教授課程 | 服務期間 |
|---|---|---|---|
| 私立○○大學○○校區 | 兼任助理教授 | 當代散文精讀、當代短篇小說選讀、詩詞與人生修養、進專中文應用文、戲曲人生 | 96年09月迄今 |

| 私立○○科技大學 | 兼任助理教授 | 文學欣賞、經典閱讀、寫作技巧一、寫作技巧二 | 93年08月迄今 |
|---|---|---|---|
| 私立○○大學 | 兼任助理教授 | 大一國文、華語文學、特別班華語文學 | 93年08月迄今 |
| 國立○○大學 | 兼任助理教授 | 大一國文、戲曲人生 | 99年2月至99年6月 |
| 國立○○大學 | 專任博士後研究 | 漢賦、漢代畫像石、翻譯日本研究漢代論文 | 98年1月至98年7月 |
| 私立○○管理學院 | 兼任講師 | 大一國文、人文學概論 | 94年08月至96年07月 |
| 私立○○技術學院 | 兼任講師 | 現代短篇小說、本土文學、中國文學欣賞、五專國文、四技國文 | 93年02月至95年01月 |
| 私立○○技術學院 | 兼任講師 | 進修專校國文 | 93年02月至94年07月 |
| 私立○○技術學院 | 兼任講師 | 四技國文 | 93年02月至93年06月 |
| 私立○○技術學院 | 兼任講師 | 五專國文、二專國文、二技國文 | 92年02月至93年01月 |
| 私立○○技術學院 | 兼任講師 | 五專國文 | 90年10月至92年01月 |

四、技能

| 1 語文類 | 語 文 | 聽 | 說 | 讀 | 寫 |
|---|---|---|---|---|---|
| | 日 語 | □很好 ■好 □可 | □很好 ■好 □可 | □很好 ■好 □可 | □很好 ■好 □可 |
| | 台 語 | □很好 ■好 □可 | □很好 ■好 □可 | □很好 ■好 □可 | □很好 □好 □可 |

| 2 證照 | 日本語能力認定書2級 |
|---|---|
| | 受驗番號：○○○○-○○○○ |

五、著作

碩士論文：○○○○

博士論文：○○○○

研討會論文：1.論文一

2.論文二

3.論文三

| 期刊論文：1.譯著一 |
| :--- |
| 　　　　　　2.譯著二 |

**六、專長**

詩學

詩歌

日文翻譯

**七、家庭狀況**

| 關　係 | 姓　名 | 年　齡 | 職　業 |
| :---: | :---: | :---: | :--- |
| 父 | ○○○ | 60 | 海關 |
| 母 | ○○○ | 57 | 家管 |
| 妹 | ○○○ | 32 | ○○公司日文口譯人員 |

**八、其他資訊**

| 緊急聯絡人 | ○○○ | 地址 | 高雄市○○區○○路 ○○巷○○弄○○號 | 電話 | ○○○○○ |
| :--- | :--- | :--- | :--- | :--- | :--- |

**九、自傳**

　　也許對很多人來說，名字只是一個自我的代號，然而對我來說，它卻是一個不折不扣的寫照。不知是人如其名，還是名如其人，不知是偶然巧合，還是天生注定，總之，○○這個看似平凡的名字，就這樣跟著我成長。

　　打從少女情懷總是詩的青蘋果時期，便戀上了中國文學，學著古人賦新詞，強說愁，奠下與中國文學的不解之緣。一抹紅霞慢慢的染紅，由青澀逐漸成熟，在這轉變的時期，我毅然決然選擇大家不看好的中文系。為了多吸取國外漢學家對中國文學的研究，於○○大學期間更輔修了日文，不僅補足自己語言上的不足，也從中獲得中日文學比較的樂趣。接著，很幸運的能夠到學風開放的○○中研所，在○○○教授的指導下，踏入詩學的領域，研究○○的詩歌。碩士畢業後，執著於中國文學的我，不放棄可以深造的機會，回到家鄉高雄，考取了○○大學中文所博士班，在○○○教授的引薦下，獲得○○大學○○○教授的指導，繼續研究詩學，完成了博士論文《○○○○研究》。

　　中國文學的樂趣，不僅止於學習，教學相長的分享，才是最大的收穫。碩士畢業之後，在臺北○○技術學院、高雄○○大學、○○科大、○○大學、屏東○○技術學院、○○技術學院，擔任大一國文、散文、小說等等課程的兼任講師。不論是面對十七、八歲的大一新

生，或是閱歷豐富的經理，我都抱持著分享的心態，講述著中國文學，並且深信臺上臺下相互交流每個人藝術的想像力，是開啟心靈的一把鑰匙，更勝過閉門造車的快樂。

如今紅蘋果即將瓜熟蒂落，這讓我想起童年時，母親說過的〈THANKSGIVING TREE〉，故事中的蘋果樹，將自己的所有全部奉獻出去，最後只剩下可供人休憩的老樹幹，但是它卻很快樂。因為施比受更有福，但願我也能成為一棵有福的〈THANKSGIVING TREE〉，把所學奉獻給未來的小樹苗。

## 七 習題

(一)請依所求職務，試寫自傳中的自我成長環境。

(二)請依所求職務，試寫自傳中的自我求學經歷。

(三)試模擬一份求職自傳與履歷表。

## 一 柬帖概說

「柬帖」，又稱「簡帖」。「柬」、「簡」兩字通假。在紙張未通行的年代，主要以竹帛為書寫工具，書於竹者稱之為「柬」，多用於私人信函；書於帛者則稱之為「帖」，近於所謂的公文書。今日則未細分兩者，凡是用於婚喪喜慶、交際應酬等場合，作為邀約用的簡短文書，皆泛稱為柬帖。

柬帖具備濃厚的社交性，既書之於文字，當較口頭邀約來得正式；而不論是婚喪或相對正式的應酬（如謝師宴、畢業典禮），在我們日常生活中又為常見的交際活動，為避免失禮，恰當掌握柬帖書寫的內容誠屬必要。

下文將以範例為主，輔以必要的文字說明，如此一來將有助於讀者更具體、明確地掌握本章節之內涵。章節內容除了說明各式常用柬帖的基本格式與措辭外，亦因應時代需求，列舉於基本格式的基礎上能彰顯獨特風格之柬帖；另一方面，禮金的運用誠與柬帖密切相關，故於柬帖解說後，將針對禮金封套如何書寫、禮金金額款項的數字一一介紹；而為求周全，亦簡要概說現今較少使用的謝帖。期能於柬帖、禮金的運用上妥切而不失禮，有助於讀者體面地從事相關之社交活動。

## 二 學習目標

柬帖既然是日常生活常見之簡短文書，坊間所見之應用文相關書籍對此均有所涉及，惟多以傳統格式為主，然因應時代變遷，理當有所調整。再者，於柬帖行文的說明上，有不少看似細

微卻重要處，似未得到較好的解說，此亦本章節欲著墨處。另一方面，除了柬帖內文爲人所重，封套的書寫亦不容忽略，然這部分甚少出現於應用文書籍的論述中，故擬於此補足。此外，柬帖之運用又常與禮金相連，但禮金的封套該如何書寫、禮金金額應多少爲妥，其實亦是應用文書中重要的一環，卻幾乎未見坊間應用文書籍對此之涉獵，此亦本章節欲加以補充者。故本章節之主要學習目標如下：

1. 清楚掌握各式柬帖內文之基本格式與相關用語。
2. 在熟稔柬帖內文基本架構的基礎上，因應時代及個人需求，做出個性化的調整。
3. 清楚知道各式柬帖封套的書寫格式。
4. 明確掌握禮金封套的書寫格式。
5. 了解禮金金額將隨場合、身分而有所不同，清楚知悉該如何恰當調整。
6. 知悉謝帖之書寫，以備不時之需。

## 貳 柬帖種類

根據柬帖的用途而論，主要可區分爲以下四類：

### ㈠ 婚嫁柬帖

用於訂婚、結婚和歸寧等場合。按照臺灣目前的現況，女方爲簡化婚嫁的程序，常有訂婚、歸寧合辦的情形，在這樣的狀況下，或主訂婚，或主歸寧，僅擇一爲之。

## ㈡ 慶賀柬帖

　　用於彌月、喬遷、壽慶、開張、落成、揭幕、慶典等場合。慶賀柬帖於今日亦有簡化的趨勢，例如彌月之喜，過去為慶祝新生命的降臨，於嬰孩彌月之際，會擺席宴客加以慶賀，此時主人家便會發出彌月柬帖。今日則多以彌月禮盒代之，柬帖也多被簡單的小卡取代。

## ㈢ 喪葬柬帖

　　訃聞、公祭通知、告窆、謝帖。目前以前三者較為通行，且多合併為一張柬帖通知親友。

## ㈣ 一般性應酬柬帖

　　例如同學會、謝師宴、畢業典禮……等。此類柬帖應用場合較為廣泛，對象也相對繁雜。一般而言，若是同學朋友間的邀約，較隨性的做法會以E-mail、簡訊等方式聯繫，然而若是謝師宴、畢業典禮等相對正式的場合，學生、學校則會發出正式的邀請函，慎重邀請老師、家長與會，此即屬於一般性應酬柬帖的範疇。

## ㈣ 常見之柬帖用語

　　因柬帖的使用已有頗長之時日，有不少套語甚至古語至今仍被廣泛沿襲，卻因其相對文言，而與現今日常之語言有所隔閡，故於使用上誠有先行了解之必要。以下將柬帖用語根據其四大類

型加以區分，並揀選常見而重要者逐一解說，以利讀者能迅速掌握要點。

## ㈠ 婚嫁用語

| 用語名 | 釋義 |
| --- | --- |
| 謹詹 | 謹，敬也，有慎重之意。詹，占也，經占卜而擇定吉日。 |
| 文定 | 「訂婚」之意。本指周文王與太姒的婚約。「文」，禮也，即所謂的聘金。古時婚禮於問名後若卜而得吉，則納幣為「定」，故稱「訂婚」為文定。 |
| 合巹ㄐㄧㄣˇ | 「結婚」之意。古代婚禮時，將瓠分為兩個瓢，由新郎、新娘各執一瓢飲酒，後世遂以合巹表結婚。「嘉禮」、「吉夕」等辭彙亦有結婚之意。 |
| 于歸 | 「出嫁」之意。語出《詩經‧桃夭》：「之子于歸，宜其室家。」女子婚後以夫家為家，故稱「出嫁」為于歸。 |
| 福證 | 請人證婚的敬語。 |

## ㈡ 慶賀用語

| 用語名 | 釋義 |
| --- | --- |
| 桃樽 | 指祝壽的酒席，樽為酒器。亦稱「桃觴」。 |
| 秩晉 | 秩，次序也，十歲為一秩。「晉」通「進」，一歲為晉。例如八秩晉五，指八十進五歲，即八十五歲。 |
| 雙慶 | 賀人夫婦雙壽。 |

| 用語名 | 釋義 |
|---|---|
| 湯餅 | 原指小孩出生三日之宴，今用以稱滿月的酒席。先秦兩漢稱麵食為「餅」，湯餅係指象徵長壽的湯麵。 |
| 彌月 | 原指女人懷孕滿十月，今指生子滿一月。 |
| 晬ㄗㄨㄟˋ | 指小兒周歲。 |
| 弄璋 | 賀生子。「璋」為玉器的一種，以此希望男孩長大後能有如玉般高潔的品格。語出《詩經·大雅·卷阿》：「顒顒卬卬，如圭如璋，令聞令望。」 |
| 弄瓦 | 賀生女。「瓦」為用泥燒成的紡錘，乃古代紡織用的器具，希望女孩長大能長於女紅。語出《詩經·小雅·斯干》：「乃生女子，載寢之地，載衣之裼，載弄之瓦。」 |

㈢ 喪葬用語

| 用語名 | 釋義 |
|---|---|
| 先祖考 | 向他人稱自己已去世的祖父，亦可稱「顯祖考」。 |
| 先祖妣ㄅㄧˇ | 向他人稱自己已去世的祖母，亦可稱「顯祖妣」。 |
| 先考、先嚴、先父、顯考 | 向他人稱自己已去世之父。 |
| 先妣、先慈、先母、顯妣 | 向他人稱自己已去世之母。 |
| 先夫 | 向他人稱自己已去世的丈夫。 |
| 先荊、先室、德配 | 向他人稱自己已去世的妻子。 |

| 用語名 | 釋義 |
|---|---|
| 亡兒、故寵兒 | 向他人自稱已去世的兒子。 |
| 亡女、愛女 | 向他人自稱已去世的女兒。 |
| 享壽 | 卒年六十歲以上方得稱之。 |
| 享年 | 卒年三十歲以上未滿六十。 |
| 得年 | 卒年三十歲以下，或稱「存年」。 |
| 壽終正寢 | 男喪用，如死於非常，只能用「終」或「卒」。 |
| 壽終內寢 | 女喪用，如死於非常，只能用「終」或「卒」。 |
| 小殮 | 為大體擦洗、更衣、化妝。 |
| 大殮 | 將大體放入棺木中，即所謂的入棺儀式。 |
| 成服 | 大殮次日，在服之人依照與亡者之關係改穿喪服。 |
| 反服 | 兒死無孫，父為兒喪持服。 |
| 斬衰ㄘㄨㄟ | 以最粗生麻布製成，不縫邊緣者為斬衰。指子女對父母喪服三年。斬衰、齊ㄗ衰、大功、小功、緦ㄙ麻合稱五服。 |
| 權厝ㄘㄨㄛˋ | 暫時停放靈柩以待葬。 |
| 發引、紼ㄈㄨˊ | 出殯時靈柩出發之時稱「發引」或「紼」。紼為牽引靈柩入葬的大麻繩。 |
| 開弔 | 喪家擇日接受弔唁。 |
| 世鄉學寅戚友 | 世，世交；鄉，同鄉；學，同學；寅，同事；戚，親戚；友，朋友。 |
| 鼎賻ㄈㄨˋ懇辭 | 鼎，盛大；賻，財物。懇切辭謝他人致送之財物。 |
| 孤哀子 | 父母皆亡，父先母而逝者稱之。 |
| 哀孤子 | 父母皆亡，母先父而逝者稱之。 |
| 孤子 | 父亡而母親健在。 |

| 用語名 | 釋義 |
|---|---|
| 哀子 | 母亡而父親健在。 |
| 棘人 | 父母亡，子女為父母服喪時自稱「棘人」。語出《詩經·素冠》：「庶見素冠兮，棘人欒欒兮，勞心慱慱兮。」 |
| 護喪 | 治喪之家主持喪事者。 |
| 告窆ㄅㄧㄢˇ | 喪家覓得吉地，擇期移柩下葬而告知親友。窆，將靈柩葬入墓穴。 |
| 合窆 | 將已故父母合葬。 |
| 叨在 | 遺族感謝姻親戚友的自謙之詞。 |

### (四) 一般性應酬用語

| 用語名 | 釋義 |
|---|---|
| 光陪 | 請客人蒞臨作陪之敬語。 |
| 台光、台端 | 請客人賞光之敬語。 |
| 敬備菲酌 | 邀人宴飲時謙稱準備之酒菜。 |

### 五 束帖內文與封套之基本格式（含範例）

束帖內文之基本格式，目前坊間之影印店、印刷廠雖多能提供範本，然為了確保束帖之正確性，對於內文之基本格式仍有明確掌握的必要。下文將就束帖的四大類別，選取其中重要而常見者為例，並以實用性為考量，做出或詳或簡之說明。此外，將適

時補充於基本格式上可做的個性化調整。至於束帖封套之基本格式，亦會以範例的方式，與束帖內文的種類加以搭配，務求束帖使用能明確無誤。

## (一) 束帖內文之基本格式

### 1 結婚束帖

謹詹於民國○○年 <sup>國曆○月○○日</sup> <sub>農曆○月○○日</sub>（星期○）為 <sup>長孫</sup> <sub>長男</sub> ○○

與○○小姐在○○飯店舉行結婚典禮敬治喜筵　恭請

闔第光臨　　　　　　　　　陳林○○

　　　　　　　　　　　　　陳○○　　　　鞠躬

　　　　　　　　　　　　　王○○

恕邀 ┌ 席設：○○市○○路一號○○飯店
　　 └ 時間：同日中午12時36分（敬請準時入席）

　　上例為傳統結婚喜帖之基本格式。有幾點事項須加以留意：

⑴ 凡婚嫁束帖不論傳統與否，理應具備以下內容：①婚嫁日期；②婚嫁當事人與具帖人之間的稱謂及姓名；③禮事；④具帖人之姓名；⑤設席宴客之時間、地點。

⑵ 傳統喜帖通常以紅色為底、探燙金字樣，有討喜氣的意

涵存在其中。

⑶一般而言，婚嫁日期會同時標示國曆與農曆，國曆者方
便賓客記憶，農曆者則是合於臺灣選擇良辰吉日婚嫁之
習俗。現今亦有省略農曆日期者，要之，須使賓客明確
知悉婚嫁的日期。

⑷結婚柬帖須由男方家長擔任具帖人。以本範例為例，新
郎因祖母、雙親健在，故俱列名為柬帖人（凡父輩以上
健在者，皆需列名），職是之故，新郎的名字前必須列
出「長孫、長男」的稱謂。若僅雙親健在，祖父母已
歿，稱謂僅需保留「長男」即可。

⑸按照傳統習俗，婚嫁喜帖之具帖人必須為新人之家長。
萬一遇到雙親俱亡的情形，則有兩個變通模式：①由新
人本身擔任具帖人；②由新人之直系長輩或血緣關係上
較親近的長輩擔任具帖人，一般而言，以第二種模式較
為常見。

⑹喜帖之用語有幾處需特別留意：①「恭請」之字樣可換
為「恭候」，為表示禮貌，必須挪抬；②「鞠躬」字樣
可以「謹訂」取代之；③「恕邀」字樣可更換為「敬
邀」。

## 2 歸寧柬帖

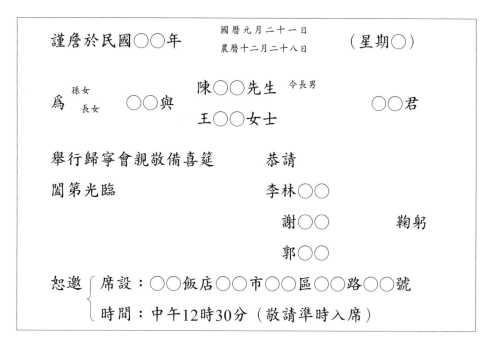

上列為歸寧柬帖基本格式之範例，注意事項同於「結婚柬帖」，不贅述。另外，現代新人要求創新變化，在傳統格式之外，可以加入一些創意文字或圖片，甚至完全顛覆傳統喜帖樣式，以不同顏色、裁切或包裝，強調設計美感，此種新式喜帖也逐漸流行。

## 3 男女雙方合宴之婚嫁柬帖

有鑑於婚嫁禮儀的繁瑣，現代人為了省事，男女雙方常有合辦喜宴之舉。該形式的柬帖範例如下：

○○與○○，丙戌仲秋，初識於府城；壬辰孟夏，合誉於臺北。
天朗氣清，春和景明之時，借佳人、騎小車，縱浪天地之中，邀遊山海之畔。
若夫霪雨霏霏，陰風颯颯，則或欣賞電影，快意虛幻人生；
或流連書肆，上友古今豪傑，不亦快哉。
結識至今，倏忽五年有餘矣。嘉禮既成，喜宴未就。

　　謹詹於民國　　年　　月　　日（　）中午，
假臺北市福華大飯店地下一樓蓬萊邨，謹邀師長親友親臨福證。

　　敬備菲酌　恭請

闔第光臨

| | 男方家長 | 游○○ | |
|---|---|---|---|
| | 女方家長 | 黃○○ 莊○○ | 謹訂 |
| | 新人 | 鄭○○ 黃○○ | |

恕　　席設：福華大飯店B1蓬萊邨
邀　　地址：臺北市仁愛路三段160號(近捷運忠孝復興站)
　　電話：02-23267412
　　時間：中午11：30入席，12：00開席。(準時入席者，敬備小禮物)

　　該柬帖即是用於男女雙方合辦之喜宴。喜帖有多處不同於傳統，例如省略農曆日期、新人同列具帖人、未標明新人與家長間的關係稱謂等，反而書寫一段新人的交往紀錄，並放上婚紗或其他設計圖案。然而不變的是，諸如禮事、具帖人之姓名、設席宴客的時間、地點等重要事項，俱清楚標示於喜帖中，可見即使欲展現個性化之柬帖，重要之基本內涵仍不能省略。

　　此外，尚可補充說明的是：由此範例之具帖人觀之，新郎父親已歿。男女方家長若祖父輩仍健在，一般而言於喜帖上皆會具名。

### 4 壽慶柬帖

中華民國一百零二年五月十九日（星期日）為
家嚴○公○○九秩晉五華誕敬備桃觴　恭請

閣第光臨

　　　　　　　　　　　　　　　　　　　宋○○　謹訂

　　恕邀{ 席設：台北市中山北路三段59號海霸王餐廳中山店
　　　　　 時間：中午12時

　　壽慶柬帖之格式相較於喜帖，顯得簡潔而少變化，透過以上範例，需留意之事項如下：

⑴ 壽慶對象之稱謂需平抬或挪抬以示尊敬，本範例即以平抬的方式表達對「家嚴」之敬重。「恭請」則挪抬即可。

⑵ 本範例之具帖人為宋家子孫，需留意具帖人與慶壽對象間關係之稱謂。

⑶ 「閣第光臨」可以「台光」取代之。

### 5 喪葬柬帖

　　訃聞為喪家向親友告知喪事之書面通知，公祭即亡者與友人、同事等最後的告別儀式，告窆則為告知親友安葬亡者日期之通知，今人為簡省繁瑣之禮儀，多將三者合併於一紙中。

此外，就普遍的運用狀況而言，喪葬柬帖多遵循傳統，未若婚嫁柬帖有較多的變化。而較常見之喪葬柬帖，以配偶或子女具名者居多，以下將選擇兩則範例，說明以「配偶」、「子女」為主具名之柬帖的實際運用情形。

(1) 以配偶為主具名之範例

先夫陳公○○慟於民國一百年五月十日下午三時十五分病逝於臺大醫院距生於民國十四年十月十一日享壽八十六歲即日移靈臺北市立第二殯儀館護喪妻○○率子女護侍在側擇於民國一百年五月二十五日上午十時在臺北市立第二殯儀館舉行公祭隨即發引安葬於陽明山第一公墓

姻
親
戚　　誼
友　　　哀此訃

聞

鼎　賻
　賻
　懇辭

未亡人葉○○
孤子陳○○　　陳○○
媳婦王○○　　李○○
孤女陳○○
女婿歐○○　　陳○○
孫陳○○　　陳○○
外孫歐○○

泣啓

公祭時間：五月二十五日上午十時
喪宅：臺北市信義路○段○巷○號○樓

根據上述範例，值得注意或說明的事項如下：

①合併訃聞、公祭、告窆等內涵之喪葬柬帖，應包括以下內容：(a)亡者姓名；(b)死亡地點、日期；(c)亡者之生卒、年歲；(d)公祭之時間、地點；(e)主喪者之姓名；(f)喪家之地址或聯絡電話。

②主喪者之排序需考慮長幼親疏。若遺族眾多，可於最後加上「族繁不及備載」或「姻親代表　恕未盡錄」一語。

③「未亡人」一詞，原見於《左傳》杜預注：「婦人未死，自稱未亡人。」演變至今，除了妻子自稱外，若妻亡夫存，丈夫亦可自稱爲未亡人。

④子女不得於柬帖內文自稱爲「孝子」或「孝女」，此乃他人對喪家子女之稱呼。坊間多見「不孝子」、「不孝女」之用語，亦不宜。

⑤喪葬柬帖之封套上的「訃」字，有喪家「報喪」之意，以「黑」色字樣表示哀悼。柬帖本身的「聞」字，則是傳達不幸消息給「姻親戚友」或「世鄉學寅戚友」誼，對象爲親朋好友，多會以「紅」字呈現，蘊含吉利之意。不論是封套上的「訃」字或柬帖內文中的「聞」字，均會以較大的字體呈現。

⑥「鼎賻懇辭」一詞，可視喪家需求，調整爲較白話的「懇辭花籃 花圈 罐頭塔」。

## (2) 以子女為主具名之範例

顯妣李母○○慟於民國一百零一年十二月三日凌晨二時十分壽終內

寢距生於民國四十一年三月五日享年五十九歲○○等隨侍在側即日

移靈新竹市立殯儀館 孤哀子○○ ○○

侍在側親視含殮遵禮成服謹擇於十二月二十七日上午九時舉行家祭 孤哀女○○ ○○率子女護

十時公祭隨即發引火化靈骨安奉於大坪頂納骨塔　叩在

世　鄉　學　寅　戚　友

誼哀此訃

聞

孤哀子○○
媳媳蔡○○林
孤哀女○○
女婿趙○○胡
孫○○
外孫趙○○○○
胡○○○○
胞弟○○
胞姊○○
胞妹○○
族繁不及備載

泣啓

鼎賻懇辭

　　以子女爲主具名之範例與前一例的基本格式大體相仿，幾點補充說明如下：

①柬帖若如上例爲直式（一般多爲直式），正文中「孤哀子」、「孤哀女」等稱謂必須縮小置於名字的右上方；若爲橫式，則縮小置於名字的左上方。

②因爲此範例爲子女具名，故主喪者的位次在前；亡者兄弟的輩分雖高於亡者子女，位次卻在後。另外，考慮到輩分問題，亡者子女的輩分較亡者兄弟低，故列名時稱謂須往下挪一格。

③亡者的大弟已歿，故名字外加黑色方框。

④本柬帖最末未列公祭時間與喪宅，乃因已於正文中標示，喪宅住址則另行出現於柬帖之封套上。

　　另外，訃文應以白底黑字印製，除少數特定項目以紅色呈現。坊間有高壽者以紅色或粉紅色紙張印製之說，不宜。

### 6 畢業典禮柬帖

　　畢業典禮之邀請函爲一般性應酬柬帖中頗爲常見者。此邀請函之內容除了必須包含畢業典禮舉行之時間、地點外，爲了使與會來賓能清楚掌握典禮動態，並有利於校方維持秩序，一般而言，還會在邀請函中標明畢業典禮之流程和觀禮注意事項。下列實踐大學之畢業典禮邀請函，即明確展現這些內容。此外，該範例封面樣式以中、英、日三語呈現，突顯學校學系特色。

實踐大學高雄校區
102級

# 畢業典禮
## Commencement
卒業式

INVITATION

---

CLASS102

102級／101學年度
# 畢業典禮
中華民國102年6月8日／星期六
早上10點整
**實踐大學 高雄校區體育館**

恭請
蒞臨指教

董事長 謝孟雄
校 長 陳振貴 謹邀
副校長 丁斌首

實踐大學 102級畢業典禮

畢業典禮程序

上午09:00　校園巡禮

------------------------

上午10:00　典禮開始

------------------------

中午12:20　典禮結束

自行開車

國道1號、3號>國道10號(旗山方向)>
台3省道>內門方向

## 7 謝師宴柬帖

---

謹訂於中華民國一零一年六月四日（星期一）假高雄市萊茵河餐廳舉辦一百學年度謝師宴。敬備菲酌　恭候

台光

實踐大學應用中文學系九七級全體畢業生敬上

恕邀 ⎰ 席設：高雄市五福二路73號萊茵河餐廳
　　　 時間：下午6時
　　　 聯絡人：許○○0980○○○○○○

---

　　謝師宴柬帖亦為一般性應酬柬帖中較為常見者，主要內容如上列範例。若為更講究者，或可於柬帖中加入一段感謝師恩的話語。該柬帖最末還加了聯絡人電話，應是考慮到具帖人為全體畢業生，若臨時有狀況必須聯絡，應有一負責人為妥，此乃以基本格式為基礎之變通。

㈡ 柬帖封套之書寫

　　慶賀以及一般性應酬柬帖之封套，與平日常見的信封書寫幾乎相同，故以下只針對婚嫁與喪葬柬帖之封套加以說明。

**1** 婚嫁柬帖之封套

台南市○○區○○街○○巷○號<br>
電話：06-599○○○○．0936○○○○○○　○緘

# 王大華　全家福

　　喜帖之封套都會附上主人家的地址與聯絡電話，若喜帖為親自送達，則常會省略賓客家的住址。比較重要的是信封上對於賓客的稱呼，有以下之區別：

(1) 若賓客已婚，封套上宜寫「□□□全家福」或「□□□賢伉儷鈞啓」，全家福後面不需加「啓」或「收」等字樣。

(2) 若賓客為長輩，採已婚寫法，其中還可細分為二：

　　① 若新人的父母健在，喜帖是以父母的名義發出，則賓

客中的長輩與父母的關係為平輩，封套上寫「□□□全家福」即可。

② 若新人的父母俱亡，喜帖是以新人的名義發出，那麼對賓客中的長輩而言，新人則為晚輩，封套須以「○○○伯父大人鈞啟」、「○○○姨父大人鈞啟」書之。

⑶ 若賓客對新人而言是未婚之平輩，則以「○○○小姐芳啟」、「○○○先生台啟／大啟」書之即可。

**2 喪葬柬帖之封套**

訃

喪宅：新竹市建功路○○巷○○號

聯絡電話：09○○○○○○○○　(03)○○○○○○○

○緘

　　與喜帖之封套相同，都會附上主人家的地址與聯絡電話，若為親自送達，亦常省略收信者的住址。此外，較需特別留意之處如下：

(1) 「訃」字須以黑色表示，理由詳見上述喪葬柬帖之說明。

(2) 與一般的信封書寫相同，收件人的姓名與頭銜之字體必須大小一致。

(3) 收件人只能填寫一人，不可聯名或出現「全家福」的字樣。

(4) 收件人處不得出現「收」、「啓」、「閱」、「展」等字樣。

(5) 信封中央方框以紅色印製，因收件人尚在世，取吉利之意。

(6) 按照訃聞送出的方式不同，有如下之區別：

① 若為直接郵寄，收件人姓名下使用「先生」、「小姐」、「女士」、「大德」等稱呼即可，訃聞只能以一般平信寄出，不得掛號。

② 若是親自送達，以交付給親戚長輩的情形居多，封套上之稱謂必須和柬帖之主要具名者相呼應。例如柬帖由子女發出，逝者為母親，此帖將親送至母親的兄弟，那麼封套則需寫上「○○○舅父大人」。在這樣的狀況下，為表示柬帖主要發文者對長輩的尊敬，通常還會在信封中央方框右上角加註「敬訃」兩字。

## 六 禮金封套書寫（含範例）

　　婚嫁與喪葬束帖既然為日常生活中較常使用者，對於與之對應的禮金封套之書寫，讀者亦應有一定程度的掌握，方能於送禮時顯得得體。以下將以婚嫁、喪葬禮金之封套書寫為主，另擇一例，簡要說明其他類慶賀禮金封套之書寫。

### ㈠ 婚嫁禮金之封套書寫

　　過去致贈禮金時，多會附上送禮帖，寫明送禮人、禮金及祝福的話語。然現今多已簡化，不再使用送禮帖，而是逕將送禮人姓名與祝福話語書於封套上。禮金封套之書寫有幾點注意事項如下：

1. 封套須採紅色底。

2. 右例爲傳統而正式的寫法[1]，今多不用，而採左例。

3. 以左例而言，禮金封套之書寫內容主要包括新人姓名、祝福語、送禮人姓名（含稱謂）等字樣。祝福語字樣一般會加大，而送禮人之稱謂則需縮小。

4. 封套中間的祝福語會因訂婚、結婚不同而略有區別。若是賀人嫁女，祝福語另有不同，茲條列如下：

| 訂　婚 | 文定之喜、文定厥祥、締結良緣、緣訂三生 |
|---|---|
| 結　婚 | 愛河永浴、琴瑟和鳴、鳳凰于飛、珠聯璧合、鸞鳳和鳴、花開並蒂、連理交枝、天作之合、神仙眷屬、秦晉之好、兩姓之好、良緣天定、永結同心、百年好合、天賜良緣、佳偶天成、花好月圓、螽斯衍慶、如鼓琴瑟、花開富貴、五世其昌、詩詠關雎、蘭菊庭芳、笙磬同音 |
| 嫁　女 | 宜其家室、之子于歸、跨鳳乘龍、妙選東床、雀屏妙選、乘龍快婿、祥徵鳳津 |

---

[1] 「謹具」有態度謹慎之意；「菲儀」則是謙稱禮金微薄；「奉申喜敬」有恭敬表達祝福之意。至於禮金的數目，標示或不標示皆可。

## ㈡ 喪葬禮金之封套書寫

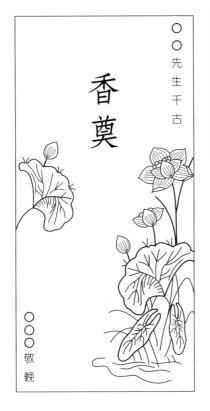

　　喪葬禮金，即俗稱之白包或奠儀，其封套之書寫格式，與婚嫁禮金之封套略同，另有幾點注意事項如下：

1. 封套需採白色或藍色底。
2. 封套由右至左側，可區分爲上、中、下三款，以右側封套爲例，「靈右」一詞視男女不同可替換的辭彙如下：

| 男用 | 靈前、蓮前、生西、蓮右、千古 |
|---|---|
| 女用 | 靈右、蓮前、生西、蓮右 |

　　上款「○（夫姓）母○（本姓）夫人」亦可替換爲「○○○女士」。

3. 中款視往者之性別、年紀，可替代之用語如下：

| 男女通用 | | 往登淨土、華開見佛、世德流芳 |
|---|---|---|
| 男喪 | 老年 | 南極星沉、老成凋謝、福壽全歸、道範長昭、駕鶴西歸、德劭年高、北斗星沉、跨鶴仙鄉、泰山其頹 |
| | 中年 | 音容宛在、人琴俱杳、典型猶在 |
| | 少年 | 天不假年、命厄華年、少微星隕、壯志未酬 |
| 女喪 | 老年 | 駕返瑤池、懿德常昭、馭鶴仙去、慈雲歸岫、萱萎北堂 |
| | 中年 | 彤管流芳、懿範常留、婦德無虧、母儀足式 |
| | 少年 | 曇花萎謝、遽促芳齡、蘭摧蕙折、繡閨花殘、繡幃香冷 |
| 輓師長 | | 桃李興悲、風冷杏壇、永念師恩、教澤長存、師表千古、高山安仰 |
| 輓朋友 | | 痛失知音、人琴俱亡、響絕牙琴、伊人宛在 |

4. 下款用語最常見者爲敬輓，細而論之，依親疏關係則有如下之區別：

| 對自家長輩 | 如父母、祖父母。可用泣淚拜輓、泣淚慟輓 |
|---|---|
| 對自家平輩 | 泣輓、淚輓 |

| 較親近之長輩 | 如伯叔姑舅、岳父母等。可用叩輓、頓首拜輓 |
| 一般之親戚朋友 | 敬輓、敬悼 |
| 晚輩 | 輓、悼 |

5. 上列左側之喪葬禮金封套，爲一般市面上容易取得者，亦可
   省略中款，逕以奠儀、香儀、香奠、楮敬等辭彙代之。

㈢ 其他慶賀禮金之封套書寫

其他慶賀禮金之封套，如喬遷、彌月、落成……等，書寫內
容更爲簡要，標明祝賀語及送禮人姓名即可。僅簡要舉例如下：

喬遷之喜

○○○謹具

◉ 禮金款項說明

不論是嫁娶或喪葬之禮金款項，乍看之下雖非「應用文
書」，然此卻與應用文書息息相關，禮金金額的數目多寡，乃禮

數是否周全的表徵，因此有一些準則須加以留心：

#### (一) 婚嫁禮金金額

1. 禮金數必須成雙。
2. 百位數忌用單數，亦須避免四（死）、八（別）等含有諧音的數字。
3. 禮金數字最少以600元起跳，但若是600元，則以送禮而不出席為原則。至於具體的禮金金額，將視與新人的交情、宴客地點（飯店或流水席）等因素而有所調整。
4. 若禮金數為3600元，必須考慮是否會造成日後對方回禮之困擾，因為一般而言，回禮的金額必須大於原來送禮者所給的禮金數，禮金金額數在3600元之上者，即為6000元（千位數亦不得為「四」，千位數為「五」者亦甚少使用）。

#### (二) 喪葬禮金金額

1. 禮金數不可成雙。
2. 因喪葬並非什麼值得慶賀之事，故一般而言禮金數不會太多。

### 八 謝帖之書寫格式（含範例）

　　謝帖指受人之禮後表示答謝的回帖，主要用於婚嫁與喪葬等場合。就目前的狀況而言，謝帖的使用有減省的趨勢，然此誠為束帖中之一環，若欲表示十分周到之禮數，仍有使用之可能，故以下簡單說明其格式與常見用語。

　　上例為一般常見之謝帖格式，幾點說明如下：

1. 「敬領」又可書為「謹領」。

2. 「領」字下逐項條列領受物的名稱、數量、單位。

3. 「謝」字必須平抬。若為喪事謝帖，「謝」字須印紅色；若
　　為婚嫁喜慶及一般應酬的謝帖，則常使用紅底金色字。

4. 謝帖有「領謝」、「璧謝」、「踵謝」之別：

　　⑴ 領謝：領受禮物並道謝。

　　⑵ 璧謝：歸還所贈之禮並道謝。

　　⑶ 踵謝：親自登門道謝。

5. 「台使」亦可以「敬使」或「台力」代之，指代為送禮者。
　　若有此欄，主人家一般須給此人酬金，金額數目會書於「台
　　使」之下。

6. 謝帖可另有封套，封套書寫格式按照一般性的信封書寫即可。另有折合式者，即表面為信封格式，內側則為謝帖。

## 九 習題

㈠請根據目前狀況，為自己擬寫喜帖一份。並談談除了傳統格式外，你對自己的喜帖有何個人化之構想？（結婚對象可以○○○取代之）

㈡王福海老先生即將九十大壽，打算今年十月十日中午十二點半在喜福會餐廳舉行壽宴，請幫忙他的兒子王端瑞撰寫壽宴柬帖。

㈢高中摯友黃慧惠將與李明賜先生共結連理，請問你該如何書寫給兩人的禮金封套？

㈣承上，黃慧惠的母親十分重視禮節，認為婚禮結束後還要發送謝帖，儀式才算圓滿，但黃慧惠不知道謝帖該如何寫，請幫忙她完成。

㈤陳美鳳老太太於民國102年8月1日在榮總辭世，她出生於民國18年5月7日，子女打算於8月20日在台北市立第一殯儀館舉行公祭，隨即火化安葬於慈恩園，請代替其子胡大力、胡大明、女兒胡芳芳撰寫喪葬柬帖。

㈥承上，陳美鳳老太太的外甥女吳美莉收到訃聞後，欲送禮致意，要如何書寫喪葬禮金之封套？

＊以上練習若有任何條件（例如禮金金額、父母姓名等）未明者，可隨機編寫。

「題辭」是以簡單的文字，來表達頌揚、讚美、褒獎、勉勵、慶賀、祝福、哀悼等心意。其源頭可追溯自古代的頌、讚、銘、箴。劉勰曾簡要地說明這四種文體，《文心雕龍·頌讚》云：「頌者，容也，所以美盛德而述形容也。」「讚者，明也，助也。昔虞舜之祀，樂正重讚，蓋唱發之辭也。」《文心雕龍·銘箴》云：「銘者，名也，觀器必也正名，審用貴乎盛德。」「箴者，針也，所以攻疾防患，喻鍼石也。」故知頌、讚用以稱揚褒美，銘、箴用以勸勉警惕。惟古人寫作時多見洋洋灑灑的長篇大論，今日早已因應時代變化，崇尚精短，將這類文書加以濃縮，力求文字化繁為簡，故現代題辭少則一、二字，多則數句，大抵採四字形式，言簡意賅，意義深遠，為世人所普遍使用。

題辭是現今最常見的應酬文書，適用對象眾多，運用場合廣泛，不論親戚族黨、上司同僚、師長學生、友朋鄰居，舉凡婚喪喜慶、人際往來互動，皆可以題辭致意，展現情誼。而題辭的文字雖然精簡，所呈現出的意義卻相當深刻，故能達到送者有心、受者感念的作用。

## ● 題辭的種類

題辭種類繁多，學者對其類別看法不盡相同，惟大抵可用書寫題辭的載體（材質）或題辭的內容（應用場合）來區分。

## ㈠ 依載體分類

### 1 幛軸類

在布帛上題辭以表慶賀、弔唁心意之物稱作「幛」，若改以紙料題辭，上下固定裝裱則稱作「軸」。禮幛多用來表達對當事人之敬意與祝福，也可增添會場氣氛。這類題辭常見於婚喪喜慶的場合中，用於喜事有喜幛、喜軸、壽幛、壽軸，宜採紅色基調布料為底，文字用黑色或金色書寫，或以金黃色紙剪字浮貼。用於喪事則有輓幛、輓軸，一般選用藍色或白色素綢為底，文字用黑筆書寫，或以銀白色字剪字浮貼。

### 2 匾額類

指題寫大字，或直或豎，高懸於門戶、廳堂、庭園或書房上方的木板。因通常懸掛在建築物之上端，位置近似人的額頭，故稱作「匾額」、「扁額」。這類題辭常見於寺廟、道觀、宮室、宗祠、亭臺樓閣、名勝古蹟等建築物，題贈者或為高官顯貴、地方鄉紳、學壇名家。這類匾額不僅可供賞鑒風雅，遙想騷人墨客，感發思古幽情，也能一窺歷史沿革，追想人事興衰，例如臺南孔廟「全臺首學」，臺灣首廟天壇「一」字匾，臺灣府城隍廟「爾來了」，皆別有其趣，值得駐足一遊。此外，慶賀膺選、商店開業、新居落成、工作升遷、應試及第、感懷恩德，也常見致贈匾額的風俗，以表達隆重慶賀之意。

下面為各式匾額範例：

▲臺南孔廟匾額

▲臺南天壇匾額

▲臺南城隍廟匾額

▲慶賀診所開幕的匾額

▲慶賀餐廳開業的匾額

### 3 像贊類

指題寫於畫像（或相片）上的詩文，有自題和題贈他人兩類。自題者多意在藉此明志、砥礪自戒。題贈他人一般分頌揚、哀輓兩類，常見於紀念性集刊或訃聞遺像。題寫文字主要在讚美亡者之行誼與道德風範，有的則僅題「○○先生（或女士）之肖像」、「○○先生（或女士）之遺像」。

### 4 簿冊類

指題寫於書畫冊、紀念冊上的文字。前者多延請擅長書法或詩文名家題詞留念，常見於婚宴會場或舉辦書畫展覽、藝文活動，除表祝賀外，也可供典藏；後者以畢業紀念冊最為常見，多請師長、學長姊、同學題字，勸勉鼓舞，祝福未來，以資留念和自我惕勵。

5 其他類

題辭的載體形式頗多，不勝枚舉，除上述所列外，餘如獎盃、獎牌、錦旗、卡片、鏡屏、銀盾、花圈花籃、彩球、金牌、壽屏、石刻、繪畫、書籍、瓷盤等，均可結合題辭製成紀念品、藝術品。

下面為其範例：

▲頒贈學生比賽獲獎的獎盃

## ㈡ 依內容分類

人一生會經歷生、老、病、死等階段，也會因群聚而產生細密繁複的關係網絡，如何順應人情禮節，在不同場合適切合宜地表達情感，是每個人都須重視的課題。以下依題辭內容歸納五類說明之。

### 1 喜慶類

喜慶類包含範圍較廣，運用場合也較多，而以婚嫁、賀壽、誕育等人生大事為主。婚嫁題辭其場合大略可分訂婚、結婚、男婚、女嫁、再婚、納妾、入贅，自古便有許多成語沿用至今，例如「白首偕老」、「緣訂三生」。惟時移世異，隨著社會變遷，部分情況如納妾今日已不適用。賀壽題辭包括男壽、女壽、雙壽（夫妻同慶）。誕育方面，因傳統男女有別、重男輕女的觀念，添丁與生女所用題辭各異，另外還有雙生（即雙胞胎）、生孫專用之題辭。

### 2 哀輓類

《孟子‧離婁下》云：「養生者不足以當大事，惟送死可以當大事。」傳統對殯葬儀節非常重視，舉凡親屬、師長、朋友、學生、同事、同袍辭世，常見題輓以表哀悼悲慟之情。哀輓題辭的形式視禮儀規格及放置場合而定。輓辭依對象的不同，可分為輓男喪、輓女喪、輓青少年、輓師長、輓朋友、輓各界人士等。而輓辭在內容上，必須考量亡者的宗教信仰、身分地位、功業德行，及題辭者與亡者間之關係親疏、感情厚薄，應謹慎書寫，切

不可混淆、誤用甚至出現錯字，以免貽笑大方。例如「永生」、「安息」用於天主教、基督教徒，「生西」用於佛教徒，差異甚巨，不可混用。

**3 題贈類**

　　題字贈人多有勉勵、表揚、祝賀、感謝、存念之意，舉凡畢業、入伍、舉辦運動會、慶典、召開會議、喬遷新居、園林落成、感念業師、著作出版，以及聯吟、重陽敬老、慈善捐贈等活動，皆可用題贈類賀辭。

**4 開業類**

　　古人以成家、立業為人生邁向不同階段的指標，開業代表事業上已有一定的根基或一個嶄新的開始，故舉凡公司行號、工廠、報社、書店、出版業、金融業、醫藥業、飯店、餐飲業、理髮店、眼鏡店、法律事務所等各行各業開幕時，往往雲集賓客，擺放花圈禮籃，除聚集人潮達到廣告宣傳之效益外，也藉各方祝賀期能繁盛昌隆。而開業類題辭內容，自然須切合該行業之特性，例如懸掛於診所可用「功同良相」、「杏林春暖」，若用「近悅遠來」就顯然不恰當了。

**5 其他類**

　　除前列四種情況外，舉凡參加才藝競賽，如作文、書法、演講、繪畫、戲劇、歌舞，或各項運動比賽，如田徑、球類、游泳、射擊、單車、划船、釣魚、登山，優勝的獎牌、獎盃和錦

旗、錦標上必有適當的題辭。而祝賀選舉人高票當選，或履任、高升、榮調等，親友多題辭於所贈牌匾或紀念品上，以申祝賀之意。至於任期屆滿，從服務單位卸下工作，或學業有成、金榜題名等，也都可獻上題辭以表祝賀。林林總總，可知題辭應用之廣。

## ● 題辭的寫作要領

### ㈠ 取材適當

題辭寫作首先必須先認清受贈對象其人其事，才能適當取材，撰寫切合對象及事由的題辭。就對象而言，受贈者的輩分、性別、年齡、職業、品行、宗教信仰、意識形態、關係親疏等，皆要仔細辨別，具體掌握。就事件而言，應就事論事，撮取事功，或突顯身分或職業特性，擇取適當用語。例如賀女壽宜用「萱草長春」，因萱草自古即為象徵母親之花；輓男喪不宜用「彤管揚芬」，因彤管原指古代王宮內女史專門記錄后妃行事的紅管筆，後來成為輓女喪之通稱；輓天主教徒用的「主懷安息」、「蒙主寵召」，就不適用在其他宗教身上了。

### ㈡ 措詞典雅

題辭除了要切合人事外，因運用於公開場合，故也應力求典雅清新，避免標新立異或流於粗俗。如賀人成婚可用「詩詠關雎」、「鴻案相莊」、「螽斯衍慶」、「魚水和諧」，若改以「男歡女愛」、「乾柴烈火」、「情愛男女」，雖然所言確實與事件相關，但遣詞用字卻嫌低俗，不符慶賀詞語應典雅莊重的宗旨。

### (三) 音韻和諧

題辭雖以貼合人事、雅致別趣為要，但語詞的聲調和諧也是必須注意的。題辭常見以四字組合居多，掌握「平開仄合，仄起平收」的原則，基本組成可以寫作「平平仄仄」（高朋滿座）「仄仄平平」（妙手回春），它的變格是「仄平平仄」（杏林春暖）或「平仄仄平」（詩詠好逑）。有時根據「一三不論」的規定，第一、三兩字可以彈性變通，所以「平開仄合」可作「平平平仄」（眉齊鴻案）、「仄平仄仄」（愛河永浴），「仄起平收」可作「平仄平平」（人月同圓）、「平仄仄平」（天保九如），聲韻上仍稱和諧。至於有些題辭如「鳳凰于飛」（仄平平平）、「智者不惑」（仄仄仄仄），雖嫌不合音韻，但因民眾長期沿用，不妨視作例外情況。

### (四) 熟習成語

題辭既多用於社交場合，屬應酬文字，隨手取用前人留下較佳範例自是無可厚非，然需明確掌握其意義，切忌誤用而貽人笑柄。例如歌頌功績卓越，卻欲揚反抑，誤用了責備他人過錯滿盈，具有強烈貶意的「罄竹難書」。又如醫界稱「杏林」，教育界稱「杏壇」，若拿「杏林春暖」當教師節賀禮，一字之差，職業迥異，怎不令受贈者啞然失笑？又如面對選美會場的眾多佳麗，拿「神女多姿」、「天生尤物」來稱讚她們的美貌超群、氣質出眾，顯然帶有羞辱鄙視的意味，因為「神女」有多重意涵，除仙女外，也是娼妓代稱；「尤物」本指美女，後被視為招致災

殃的禍水。像這類成語因古今意義出現變化歧異，故運用時須多
加留意。

### ㈤ 行款正確

題辭的組成，包含題辭正文和上、下款三部分。題辭正文的
右側為「上款」，左側為「下款」。其書寫方式，可以直書（由
上而下），也可橫書（由右至左）。不論採用直書或橫書，題辭
正文四字皆應寫在紙張的正中央處，且居中之題辭文字須大於上
下款。此外，題辭如需加註日期，一般寫在下款的左側，並多以
干支紀年。

### 1 直書範例

松齡先生　喬遷之喜

里仁爲美

王士禎　敬賀

怡欣學姊　于歸之喜

鳳卜宜昌

妹
張雅雯　敬賀

介祺學長　留念

鵬程萬里

弟
許印林　敬題

一〇二學年度第一學期拔河比賽冠軍

允文允武

校長王大明

杏壇之光

常公吾師　賜存

受業
何淑蘋　敬呈

定宇先生　教正

後學
余古農 [印] 敬貽
○年○月○日

## ② 橫書範例

蓁其人哲

博雅先生　千古

顏文淵　敬輓

紗縹雲慈

趙母錢太夫人　仙逝

晚
李卓吾　叩輓

世再佗華

慈心診所　開業誌慶

立法委員○○○　敬賀

歸所望眾

○○先生榮膺○○市市長

○○○
○○○
○○○

仝敬賀

至於上下款格式：

**1 上款**

上款包括「稱謂」與「禮事敬詞」兩項。「稱謂」即受禮者之姓名及稱謂，一般可依書信對受信人的稱謂方式，但對已婚且爲人母的女性，長輩稱「○母○太夫人」，平輩稱「○母○夫人」（上○表夫姓，下○表娘家姓），已婚而未生育則稱「○○女士」。至於名勝古蹟或寺廟的匾額，其題辭通常不加上款。題贈各類比賽則多半書寫比賽名稱。

「禮事敬詞」於稱謂之下空一格書寫，用來表示贈送題辭的緣由。常用禮事敬詞如下：

| 種類 | 用語 | 適用場合、對象 |
|------|------|----------------|
| 婚嫁 | 訂婚之喜、文定之喜 | 賀訂婚 |
|      | 結婚之喜、結婚誌慶、嘉禮 | 賀結婚 |
|      | 于歸之喜 | 賀嫁女 |
| 喜慶 | 弄璋之喜 | 賀生子 |
|      | 弄瓦之喜 | 賀生女 |
|      | 于歸之喜 | 賀嫁女 |
|      | ○秩大慶、○秩晉○大慶 | 賀壽誕 |
|      | ○秩雙慶 | 賀夫婦雙壽 |
|      | 喬遷之喜 | 賀遷居 |
|      | 新廈落成誌慶 | 賀落成 |
|      | 榮退紀念 | 賀退休 |

| 種類 | 用語 | 適用場合、對象 |
|------|------|----------------|
| 悼喪 | 靈鑒、靈右、靈座 | 通用 |
| | 靈幃 | 輓女喪 |
| | 千古、冥鑒 | 輓男喪（不適用基督徒） |
| | 仙逝、鸞馭 | 輓女喪（不適用基督徒） |
| | 生西 | 輓佛教徒 |
| | 永生、安息 | 輓基督徒、天主教徒 |
| 贈著作 | 賜正、教正、誨正、斧正 | 用於長輩 |
| | 指正、雅正、郢正、惠正 | 用於平輩 |
| | 惠覽、惠閱 | 用於晚輩 |
| 贈物 | 賜存 | 用於長輩 |
| | 惠存 | 用於平輩 |
| | 留念、存念、存玩 | 用於晚輩 |

**2 下款**

下款包括「自稱」、「署名」、「表敬詞」三項。「自稱」用以表示題贈者與受贈者間關係，例如「弟」、「妹」、「晚」、「學生」、「受業」，這些文字須以偏右小字方式書寫；一般也可省略自稱，或冠上職銜，例如「立法委員」、「○○公司董事長」。自稱之下是題贈者署名，為表禮貌須使用全名，不可省略姓氏。

「表敬詞」於題贈者姓名之下空一格書寫。常用表敬詞如下：

| 種類 | 用語 | 適用對象 |
|------|------|----------|
| 慶賀 | 敬賀、敬祝、謹賀、恭賀、拜賀、拜祝、同賀、鞠躬 | 通用 |
| 題贈 | 敬題、敬贈、敬貽 | 通用 |
| | 敬呈 | 用於長輩 |
| | 題贈、持贈 | 用於晚輩 |
| 悼喪 | 叩輓、拜輓 | 用於長輩 |
| | 敬輓、泣輓 | 用於平輩 |
| | 題輓 | 用於晚輩 |
| | 合十 | 用於佛教徒 |

## ⬤三 常用題辭舉隅

　　題辭必須視場合、對象、關係等，針對情況謹慎選擇最適切者，方能符合需求，合乎禮數。題辭是常用的應酬文字，從古至今已經積累了不少材料可供運用，因此通常不需再自己苦思冥想，構思詞語，只要從一般流行、通用的題辭中加以選取即可。由於題辭種類非常豐富，以下茲就常用者分類並分別舉例，爰供讀者參考。

(一) 婚嫁

| 訂婚 | 文定之喜、文定厥祥、文定吉祥、緣訂三生、喜締鴛盟 鴛盟初訂、良緣夙締、締結良緣、白首成約、永結同心 誓約同心、姻緣匹配 |
|------|------|

| 結婚 | 詩詠關雎、關雎誌喜、琴瑟和諧、鸞鳳和鳴、鳳凰于飛<br>珠聯璧合、五世其昌、花開並蒂、瓜瓞綿延、螽斯衍慶<br>百年好合、天作之合、天賜良緣、白首偕老、愛河永浴<br>佳偶天成、花好月圓、鴻案相莊 |
|---|---|
| 嫁女 | 之子于歸、宜室宜家、雀屏妙選、妙選東床、花開連理<br>跨鳳乘龍、燕燕于飛、桃夭及時、桃灼凝祥、鳳卜宜昌<br>祥徵鳳律、蘋藻權輿、摽梅迨吉 |
| 再婚 | 寶鏡重圓、明月重圓、鵲橋重渡、琴續冰絃、慶溢鸞膠<br>鸞膠新續、其新孔嘉、琴瑟重調 |

## (二) 誕育

| 生子 | 天賜石麟、天賜麟兒、石麟增彩、鳳毛濟美、雛鳳新聲<br>慶叶弄璋、弄璋之喜、熊夢徵祥、蘭階吐秀、誕育馨寧<br>玉燕投懷、德門生輝 |
|---|---|
| 生女 | 喜獲千金、彩鳳新雛、小鳳新聲、明珠入掌、喜得明珠<br>弄瓦徵祥、弄瓦誌喜、慶叶弄瓦、輝增彩帨、喜比螽麟<br>祥徵虺夢、女界增輝 |
| 雙生 | 枝葉並茂、喜獲麒麟、雙株競秀、雙雄並秀、珠璧聯輝<br>班聯玉筍、玉樹聯芬 |
| 生孫 | 瓜瓞延祥、繩其祖武、孫枝茁秀、樂享含飴、飴座歡騰<br>慶衍龍孫、桐枝衍慶 |

## (三) 壽誕

| 男壽 | 福如東海、頌壽南山、南極星輝、福壽康寧、天賜遐齡<br>松鶴遐齡、齒德俱尊、松柏長春、大德有年、椿庭日永<br>富貴壽考、海屋添籌 |
|---|---|
| 女壽 | 慈竹長青、萱草長春、萱茂北堂、春滿北堂、懿德延年<br>果獻蟠桃、蟠桃獻壽、寶婺星輝、春滿瑤池、瑤池春永<br>花燦金萱、壽徵坤德 |
| 雙壽 | 椿萱並茂、日月齊輝、雙星並耀、比翼遐齡、華堂偕老<br>仙耦齊齡、松柏同春、極婺聯輝、百年偕老、弧帨齊輝<br>酒介齊眉、神仙眷屬 |

## (四) 哀輓

| 男喪 | 通用 | 大雅云亡、典型猶在、典型足式、泰山其頹、騎鯨西去、魂兮歸來 |
|---|---|---|
| | 老年 | 福壽全歸、南極星沉、斗山安仰、高山仰止、老成凋謝、哲人其萎 |
| | 少年 | 壯志未酬、痛失英才、英風宛在、天不假年、修文赴召、玉樹長埋 |
| 女喪 | 通用 | 流芳千古、妝臺月冷、北堂春去、彤管揚芳、徽音遠播、持家有則 |
| | 老年 | 駕返瑤池、寶婺星沉、慈竹風淒、母儀永式、母儀千古、女宗安仰 |
| | 少年 | 玉簫聲斷、鳳去樓空、蘭摧蕙折、繡閣花殘、曇花萎謝、遽促芳齡 |
| 輓師長 | | 立雪神傷、教澤永懷、木壞山頹、高山安仰、桃李興悲、師表千古 |
| 輓朋友 | | 伊人宛在、心傷畏友、痛失知音、響絕牙琴、人琴俱亡、話冷雞窗 |
| 輓各界 | | 甘棠遺愛、國失賢良、忠勤足式、忠勤著績（以上政界）<br>忠勇楷模、國失干城、浩氣長存、名齊衛霍（以上軍界）<br>商界楷模、端木遺風、貨殖流芳、利用厚生（以上商界）<br>天喪斯文、儒風長在、學究天人、世失英才（以上學界） |

## (五) 慶賀

| | |
|---|---|
| 膺選 | 桑梓之光、桑梓福音、衆望所歸、克孚衆望、才智超群、才德堪欽<br>選賢與能、實至名歸、能者在位、卓然鶴立、學優則仕、民之喉舌 |
| 升遷 | 鵬程發軔、鶯遷喬木、才堪濟世、其命維新、龍門聲價、德業日新 |
| 開業 | 鴻圖大展、大展鴻猷、駿業宏開、大業春秋、大業允興、業紹陶朱<br>生財有道、萬商雲集、財源恆足、商賈輻輳、大展經綸（以上商店）<br>富國之基、大業永昌、開物成務、功奪造化（以上工廠）<br>名山事業、琳瑯滿目、大雅扶輪、左圖右史（以上書店）<br>仁心仁術、華佗再世、妙手回春、醫術精湛（以上醫院診所）<br>近悅遠來、賓至如歸、貴客盈門、群賢畢至（以上飯店餐館） |
| 遷居 | 里仁為美、良禽擇木、喬遷誌喜、人傑地靈、安土敦仁、德必有鄰 |
| 落成 | 美輪美奐、肯堂肯構、堂構更新、竹苞松茂、福蔭子孫、大啓爾宇 |
| 畢業 | 鵬程萬里、鵬搏九霄、更上層樓、青雲直上、扶搖直上、前程似錦<br>壯志凌雲、學以致用、滄海程寬、雲程發軔、友誼永固、自強不息<br>乘風破浪、學無止境、精益求精、依仁游藝、盈科而進、士必弘毅 |
| 校慶 | 百年樹人、春風化雨、作育英才、誨人不倦、為國育才、廣栽桃李 |
| 比賽 | 口若懸河、一鳴驚人、語驚四座、辯才無礙（以上演講）<br>筆力萬鈞、妙筆生花、文采斐然、情文並茂（以上作文）<br>健筆凌雲、龍飛鳳舞、鐵畫銀鈎、翰苑之光（以上書法）<br>我武維揚、身手矯健、生龍活虎、允文允武（以上體育）<br>新鶯出谷、高唱入雲、繞樑三日、高山流水（以上音樂）<br>賞心悅目、舞姿曼妙、舞藝超群、歌詠霓裳（以上舞蹈）<br>觀古鑑今、維妙維肖、演技精湛、人生借鏡（以上戲劇）<br>直上青雲、登高自卑、登峰造極、仁者樂水（以上登山）<br>水上英雄、俯仰自如、矯首游龍、智者樂水（以上游泳）<br>一發中的、百步穿楊、射必有中、百發百中（以上射擊） |

## ㈥ 其他

| 獻業師 | 循循善誘、金針善度、杏壇之光、經師人師、春風廣被 師恩弗忘、春風化雨、吾愛吾師、誨人不倦 |
|---|---|
| 題宅第 | 耕讀傳家、詩禮傳家、積善之家、積善餘慶、韜光養晦 誠意正心 |
| 賀入伍 | 國之干城、壯志凌雲、捍衛社稷、青年楷模、為國爭光 |
| 題公益 | 雪中送炭、急公好義、助人為樂、樂善好施、捨己救人 博施濟眾、民胞物與、慷慨解囊、慈悲布施、人饑己饑 達則兼善、梓里善人 |

## ㈣ 結語

　　題辭雖在日常生活常見，但使用時多以傳統套語為之，幾已無創作必要。故使用時必須明白傳統題辭的意義，選取恰當合適的用語，避免誤用。

## ㈤ 習題

㈠大四學長何顯仁即將要畢業了，請為他的畢業紀念冊題辭。

㈡好友郭金鐘、林秋霞要訂婚了，請書寫一份祝賀的題辭。

㈢陳母張老夫人九十三高齡過世，試以晚輩身分書寫一份哀悼的輓額。

## 六 延伸閱讀

㈠教育部「重編國語辭典（修訂版）」附錄十三「常用題辭表」
（http://140.111.34.46/newDict/dict/htm/fulu/tt.htm）。

㈡王偉勇：〈題辭寫作〉，收入張高評主編：《實用中文講義
（上）》，台北：三民書局，2008。

㈢王偉勇：〈賀辭寫作〉，收入王偉勇主編：《實用中文與書寫
要領》，台北：里仁書局，2012。

　　書狀、單據無時無刻不出現在我們的日常生活中，可以說是最為一般人常用的兩種應用文書，然而也因為書狀與單據所具有的法律效力，若是稍有不慎，就可能產生法律糾紛，在撰擬或簽署時，所涉及的就不只有格式的問題，更需要用審慎的態度來面對這樣的應用文書。

## ● 什麼是書狀？

　　書狀，是一種「陳述並證明事實」，或「確定立狀關係人權利與義務」的文書，簡單的說，就是一種明確記載了簽署人必須遵守、履行事項的文書，一旦在這份文書上簽名或蓋章，就等於接受文書提出的條件，並同意遵守該文書規定的權利與義務，而這是具有法律效力的，簽署人如果沒有看清楚書狀內容就逕自簽署，日後很有可能不只權利受損，還要面臨法律上的糾紛，所以簽署、撰擬書狀必須非常審慎。

　　這樣看來，書狀與另一項我們身邊經常可見的應用文書類似，也就是「契約」。書狀與契約都是詳載權利與義務的條文，關係人簽署後，即具有法律約束效力的「信守文書」，但書狀與契約仍有區別，最大的差異，在於契約是關係人雙方「協議」後，把彼此應該履行的權利、義務寫成條文，雙方簽署後各執一份，做為日後的憑據；書狀一般則是關係人的「一方擬定」，另一方簽署同意後交還，以作為存證之用，以下表格說明兩者的區別：

|  | 相同 | 差異 |
|---|---|---|
| 書狀 | 明訂權利與義務，作為雙方信守的證明文書。 | 1. 明定「當事人的一方應履行的義務」。<br>2. 由一方簽署之後，交付他方收執，以為存證。 |
| 契約 |  | 1. 「雙方協調」應履行的權利義務。<br>2. 簽署二本，由雙方各執一本，以為憑證。 |

　　由此可知，書狀這種應用文書，可以簡單理解為：把原本口說無憑的保證，在具體寫下之後，要求保證人簽署，以作為擔保的眞憑實據。所以，書狀有以下幾個特徵：

1. 書狀具有證據和證明的功能。
2. 簽署書狀的一方，等於承認書狀條文之規定，有依約履行的義務。
3. 持有經簽署書狀的一方，有權利要求簽署者，履行書狀條文內容。
4. 只要一經簽署，書狀就具有法律效力，同時成為訴訟的證據。

### ● 使用書狀的情況

　　書狀應用的範圍很廣，在以下情況下，我們會使用到書狀：

## ㈠ 求職

例如，大學畢業時，拿到的一紙「畢業證書」，這張證書就是證明學位的「書狀」。拿到這張證書後，我們即將邁入職場，這時候，開始把過去活動、任職的紀錄找出來，這一張張活動、任職「證明書」，也是書狀。整理好之後，在正式投履歷前，或許還需要一張「推薦書」來證明我們的學歷、品德、工作能力，這也是書狀。最後，終於投了履歷，得到面試的機會，並順利得到工作，公司的人事部門除了契約書外，可能還會拿一張「切結書」，要我們證明履歷等資料一切屬實，否則自負法律責任，這張切結書也是書狀。換句話說，從畢業到就職，這段期間用到的一切證明文件，都屬書狀的範疇

## ㈡ 提出申明、承諾

例如進行手術或治療前，醫院方會需要家屬簽署「志願書」或「同意書」，內容大致是醫師已將治療風險告知家屬，萬一發生了意外，就是醫療上的風險，此時的「手術志願書」或「手術同意書」，就是為了避免日後醫療糾紛而使用的書狀。再如有時我們想擔任志工，志工單位將提出「志願書」，內容大致是簽署人工作期間的義務與應遵守的規定，以及若有違規的處理方式，以規範並保障個人與單位的權益。

## ㈢ 需要清楚劃分權利、義務的履行與歸屬

例如承接某些工作的時候，需要劃分工作內容或項目，以

及特殊狀況的責任歸屬時的「志願書」，而有工作業務往來的雙方，遇有機密資料，雙方往往會簽訂「保密承諾書」，以避免洩密。或者臨時需要找人代辦某些事務，需證明代辦人確實由本人委託，並表達本人意願時使用的「委託書」；再如一個常見的情況是金錢糾紛，借款人怕欠款人無限期拖欠，於是要欠款人立下書狀，申明萬一在期限內未能還款，需擔負法律責任，以及催促當事人履行某些義務的「催告書」，都屬於書狀，在這些例子中，書狀使用的目的，就在於把口說無憑的事項，化為白紙黑字，在相關的人員簽署後，使書狀成為具有法律效力的文書，以產生約束及保障的力量。因此，書狀作為存證，萬一出現突發狀況，則可釐清責任的歸屬，避免發生糾紛。

## ● 書狀的作法

　　上述情境在我們日常生活經常可見，也就是說，書狀的應用範圍很廣，功能很強，因此為了適應各種情況，在格式上，除了政府單位有固定的文書規格外，書狀一般沒有固定格式，然而不同功能需求的書狀，涉及到「當事人雙方」、「責任歸屬」、「權利與義務」等事項，仍有必要的寫作項目，以下分別說明：

### ㈠ 書狀的名稱

　　書狀本文的標題名稱，標明書狀的類別，如「證明書」、「委託書」、「志願書」等，名稱的標註表示了書狀的用途，在更為正式的書狀中（如公家機關、公司等），甚至會把單位名稱

也加上，並於書狀名稱下填入該單位的文書字號，以便查考。

## ㈡ 正文

正文是書狀的重點，其中關係到權利、義務以及相關法律責任，撰寫時必須斟酌字句，並謹慎考量其中涉及法律用語以及各事項的合法性。而簽署者亦須仔細閱讀，以免自己的權利義務受損。本文一般以打字為主，碰到數字，一律使用國字大寫，以避免未來有塗改之嫌，而書狀送出前，本文更應仔細校對，如有發現錯誤，應該及時重作，不可塗改，以免日後發生糾紛。

## ㈢ 署名及用印

書狀本文結束後，會加上「遞交語」與當事人（或機關）名稱，例如「此致○○○○」，以明示簽署人，簽署人於此除了簽名、用印外，一般還須寫上身分證字號與住址，以表示對該文的負責。必要時，尚可請求律師或法院來辦理認證，增加書狀的效力。

## ㈣ 立狀日期

立狀日期關係到權利與義務的起訖時間，是書狀的要項，絕對不可以省略。

## ㈣ 書狀舉例

由於書狀種類繁多，因應的事項亦相當繁複，本文僅以較為常見情況舉例說明，書狀正文以「○○○」標註者，使用者可依

需求自行填入，括號標註該「○○○」填寫的內容，便於讀者參考。

## ㈠ 工作證明書

　　用來證明確實擔任某機關職務，通常在求職的時候，由曾經任職的公司核發。

<table>
<tr><td colspan="2" style="text-align:center">證明書</td></tr>
<tr><td colspan="2">　　○○○（人名）於民國○○年○○月○○日，至民國○○年○○月○○日，擔任本機關（機關全名）○○職務（職務全名），特立此狀，以茲證明。</td></tr>
<tr><td colspan="2" style="text-align:right">公司簽章用印</td></tr>
<tr><td>中　　華　　民　　國　　○　　○　　年　　○　　○　　月　　○　　○　　日</td></tr>
</table>

## ㈡ 委託書

　　委託書為常用書狀，通常為本人無法到場，委託親友代為辦理事項時，證明該人確為本人委託所用。委託書使用時，一般會要求出具本人及受託人證件以供證明，避免法律糾紛。

---

### 委託書

　　本人○○○（本人全名），因故不克親臨櫃臺，辦理○○○（具體事項名稱，用以限定本委託書適用事項，以免冒用），特委託○○○（受託人全名）代為辦理，出具本人○○○證（證件名稱，使用此委託書時，應一併出具）以茲證明，敬請惠予協助。

　　此致

○○○○○（機關全名）

　　委託人：○○○（本人全名，應簽名並用印）

　　身分證字號：

　　出生年月日：

　　地址：


　　受託人：○○○（受託人全名，應簽名並用印）

　　身分證字號：

　　出生年月日：

　　地址：

中　華　民　國　○　○　年　○　○　月　○　○　日

---

## ㈢ 保證書

　　保證書適用於各種立書狀者「保證履行某些事項」，是常用的書狀，以下所舉例子是進入職場時，公司申明義務，要求新進員工簽署所用的常見保證書，有時亦會要求「連帶保證人」簽署，立書狀人須注意正文中是否有影響自身權益的文字，以免日後發生糾紛。

保證書

　　立保證書人○○○（立書人全名），保證履行工作合約書所載之義務，並恪遵公司所訂之工作規範，如在職期間，有任何侵占、失職或其他不法行為，導致公司蒙受損失時，須負完全賠償之責任，恐後無憑，立此為據。
　　此致
○○○○公司（公司全名）

立保證書人○○○（簽章）
住址：

中　華　民　國　○　○　年　○　○　月　○　○　日

㈣ 切結書

　　切結書使用範圍很廣，通常用於「聲明」或「責任歸屬」，表達立書狀人願意遵守某些要求時可用，例如財物的往來或歸屬，為保障雙方權益，就可簽署切結書。當然，簽署切結書，仍然應該仔細審視內文的合法性，以免日後產生糾紛。例如以下所舉的例子，是任職時由公司要求員工簽署的切結書。

切結書

　　立切結書人○○○（立書人全名），聲明求職履歷一切屬實，並願意遵守公司法規，如有不實資料，或因失職、不法行為導致公司損失，願意自負法律責任，並賠償公司損失，特立此為據。

具結人：○○○（簽章）

中　華　民　國　○　○　年　○　○　月　○　○　日

## ㈤ 志願書

　　表達立書人行為皆為自願，並願意自負責任。常見的情況如醫療方面的志願書，用以表達立書人已知醫療風險，如有意外，責任不在醫療人員，這類志願書醫院一般有固定格式。其他如擔任志工志願書，用以表示願意遵守志工團體各項規範，亦是常見的志願書，如以下例子：

---

○○志工團體（全名）志願書

　　本人○○○（立書人全名），加入○○志工團體（全名），約期○年，在此期間，例無薪俸，並願意遵守本會規範，共同維護本會形象。倘有違犯，自願接受本會處分。

　　此致
○○志工團體（全名）

立書人：○○○○○（簽章）<br>身分證字號：<br>地址

中　華　民　國　○　○　年　○　○　月　○　○　日

---

## 五 什麼是單據？

　　單據，就是財物交易的憑證，也可視為交易過程的記錄。交易的行為本身雖然是單純的「買」與「賣」，但如果涉及到「誰來買」、「誰來賣」、「怎麼買」、「怎麼賣」等問題，就是一套繁複的過程，例如訂定買賣契約的時候需要「成交單」、訂

貨前廠商先開立的「估價單」、訂貨成立的「訂單」、交貨時需要「送貨單」和「發票」、「收據」等。繁複的原因，主要在於交易本身容易引起的金錢糾紛，為了避免糾紛，在交易的各個階段都需要明確的記錄，以作為憑證之用，也因此，單據與書狀一樣，都是具有存證功能、法律效力的文書。

## 六　單據寫作要點

　　單據一般可分為借用財物的「借據」與收受財物的「收據」，另有「領據」一名，則表示由下級單位領收上級單位發送的財物，基本上與收據相同。兩者格式大致是相同的。以「收據」來看，不同的機關團體，可能都有固定格式的收據，書寫時，只要把品項、數量寫清楚，再予以核章即可。而文具店也售有紙本單據，適用於一般買賣，格式與填寫要項如下圖所示：

| ○○○○○○○○○收據　　　　台照 | | 統一編號　　　中華民國○○年○月○日 | | | |
|---|---|---|---|---|---|
| 項目品名 | 數量 | 單位 | 單價 | 總價 | 備註 |
|  |  |  |  |  |  |
|  |  |  |  |  |  |
|  |  |  |  |  |  |
|  |  |  |  |  |  |
|  |  |  |  |  |  |
| 合　計 |  |  |  |  |  |

　　這是一張常見的購物收據，如公務機關、公司團體需報帳核銷，將抬頭（上表「台照」部分）與統一編號填寫正確，就可以用來報帳核銷。其他屬於單據的文書，如「估價單」、「訂單」、「送貨單」等，一般機關團體均有固定格式的表格，其中要項主要是品名、規格、數量、單價、總價等，填寫時品名與規格需明確，以免日後商品不符產生糾紛。

　　除了固定格式的收據表格，單據亦可根據不同情況書寫，重要項目包括：

### ㈠ 借出者／購買者

　　這個項目對借據而言，表示由誰借出物品，對購物而言，則表示由誰來付錢購買東西。換句話說，這張單據在簽章後，應該由這個項目的人領收，作為存證。

### ㈡ 領收者／售物者

　　這個項目對借據而言，表示由誰領收物品，對購物而言，則表示物品由誰售出。單據應由此人簽章，交由借出者／購買者領收。然而對借據而言，較為重要的借據，則應雙方簽收後各留存一份，以免產生糾紛。

### ㈢ 品項／金額

　　借用物品或購物的金額，寫作時應具體寫出物品名稱、數量或金額數目，需要寫到數字時，一般使用國字大寫，以免塗改致生糾紛。

　　以上是單據必須具備的寫作項目。而「借據」有時可以更爲簡單，視交易雙方的關係，單據還可以分爲「對內」和「對外」兩種。「對內」指的是機關團體內部的借用；「對外」則是對其他機關、或私人之間的借用關係。「對內」由於是機關團體內部的借用，格式較爲簡單，用以下格式書寫即可：

　　這張借據的寫作重點在於：1.「茲借到」縮二格寫起；2.借用的物品名稱、數量、單位由次行頂格寫起，並且必須詳細寫明品名、數量與單位；3.數字務必使用國字大寫；4.借用人簽章與日期務必寫清楚。至於「對外」借物的借據，則須於「物品」前加上借出機關全名，且必須抬頭書寫，借用人如果是團體，應由機關首長簽章，格式如下圖：

```
　　茲借到
○○單位（單位全稱）○○（物品名稱）○○（物品數量與單位）。
　　此據
　　　　　　　　　○○單位首長（具體寫明）○○○（簽章）
　　　　　　　　　　　　　　　　經手人○○○（簽章）
中　華　民　國　○　○　年　○　○　月　○　○　日
```

收據亦可照此格式填寫，只要把「茲借到」改成「茲收到」即可，至於上述的「領據」，亦只要改爲「茲領到」即可，其他項目的書寫方式都是相同的。

## 七 結語

由於具有法律效力，書狀與單據在寫作上，必須參酌是否合法，並詳細書寫內容要項，文字敘述必須簡明清晰，不可有游移不定的字句，特別是關於權利、義務與責任的歸屬，以及單據上數字金額，更須切實謹愼，以免日後因此產生糾紛，徒增不必要的困擾。

## 八 習題

(一)試寫一張證明書，向老師證明自己的孩子因家裡事故無法參加考試。

(二)試寫一張「借據」，向朋友借款一萬元。

## 九 延伸閱讀

(一)黃俊郎：《應用文》，台北：東大，2011。

(二)孫永忠：《新編應用文》，台北：洪葉，2009。

第六章

# 企劃書 / 李宗定　 / 123

## 一 「企劃書」意義

　　不論在哪一家公司任職，從事哪一種行業，撰寫企劃書是必備的能力。或許有人不以為然，認為從事技術性的工作，或者以勞力為主的工作，根本不需要撰寫企劃書。事實上，我們如果把「企劃」的概念從狹義的書面報告擴大，其實可以發現，小自個人，大至公司或國家，都必須要有所「企劃」。所謂的「企劃」，就是對未來的規劃，包含了期待與希望，是一個還未實現的理想。換言之，所有的「企劃」，都有一個希望達成的目的，為了達到這個目的而做種種考量與安排，這些考量，就是「企劃」。事實上，我們隨時都在做「企劃」，舉例來說，如果明天要從高雄到台北，我們會考量要乘坐哪一種交通工具，此時，我們就會從金錢、時間去衡量，也同時會考慮安全、舒適等各種因素，最後做出選擇。這個選擇會因時、因地、因人而異，也就是每一個個案所做的選擇都是獨特的，因此我們不能完全複製別人已經成功的案例，去年或過去成功的企劃案，不能保證繼續沿用於今年或未來也會同樣成功。同樣的，別人或過去失敗的案例也不代表一定不好，重點是我們必須從各種成功或失敗的案例中學習，掌握問題所在，做為未來企劃的參考。

　　然而，「企劃」畢竟不同於「計畫」、「規劃」，尤其是本章節要學習的「企劃書」。前有所言，我們隨時都在進行「企劃」，其實應該更精確地說是在「計畫」。我們會有旅行計畫、儲蓄計畫，也有人生規劃，這些所謂的「計畫」或「規劃」，雖然都有最終要達成的目的，也都會有一套實現的方法，但終究不

是「企劃」。所謂的「企劃」，不但要有目的、方法，最重要的關鍵在於如何把構想清楚、完整地呈現。因為，「企劃書」是寫給別人看的，不是自己讀的，為了說服主管或客戶，就必須將「企劃」用完整、清楚，又能讓讀者感動的方式表達出來。內容不夠完整，就會漏洞百出，沒人敢採用；如果敘述呈現得不夠清楚，無法讓人明白，再好的構想也是枉然；若是不能感動人，就是一個新奇的構想，還是無法達到「企劃」的最終目的。企劃書與其他文書最大的不同，在於企劃書呈現的是未來的事，尚未實現的一個想像。就因為企劃書描繪的是未來的事，如何說服別人就顯得相對重要。

　　因此，我們可以為「企劃書」下一個定義，所謂「企劃書」，就是透過一定的方法，採用一定的格式，把「企劃」寫出來。換言之，「企劃」的構想可以天馬行空，可以充滿創意，但是要將這些想法落實，就必須考量實際執行的可能。「企劃」的本意是為了解決問題，達成預設目的，「企劃書」就是提出具體可行的方案，以書面清楚完整地呈現。

## ● 學習目標

　　企劃書的類別很多，細分之，有活動企劃、商品企劃、行銷企劃、營運企劃、投資企劃、創業企劃等。不論哪一種企劃，都是為了特定目的，也都涉及管理學、行銷學等相關知識。因此，學習企劃書製作，不是作文練習，而是思考、表達方式以及對所有環節進行整體觀照的訓練。

　　由於製作企劃書非常專業，且需具備許多專業學識，本章節難以詳盡之，故僅著重觀念的解析。做爲應用文習作的一個章節，以下的介紹與說明以入門爲主，針對第一次接觸企劃書的初學者，介紹最基本的概念。所舉案例以簡單的活動、行銷企劃爲主，讀者可從中舉一反三，學習之後，應當對企劃書有所認識，知道如何著手進行寫作，進而追求更專業的企劃書製作。

### 企劃書製作流程

　　一般製作企劃書，可分爲三大步驟。第一、掌握問題，進行解決問題的發想，任何具有創意的點子皆可。同時蒐集資料，評估每一個創意發想的可行性。第二、將評估後最可行的想法依企劃書的格式寫出，擬定實際執行的過程，規劃各個細節，以完整地組織架構呈現。第三、進行綜合性的檢討與效益預估，以求企劃案得以實現。並將整份企劃書依適當方式排版、製作目錄、確定標題，並將精要製成簡報（PPT），進行口頭報告以說服主管或客戶。

如何對相關資訊進行分析並擬定策略，是企劃案成敗的關鍵。以行銷企劃為例，常見使用PEST[1]、波特五力[2]與SWOT[3]進行市場整體狀況分析，了解大環境的趨勢，預估政府未來政策，

---

[1] PEST是分析總體市場環境中的政治（Political）、經濟（Economic）、社會（Social）與科技（Technological）等四種因素的一種模型。

[2] 波特五力分析模型（Michael Porter's Five Forces Model），又稱波特競爭力模型。是麥克‧波特（Michael Porter）於80年代初提出，用於分析競爭環境。五力為：供應商的議價能力、購買者的議價能力、潛在競爭者進入市場的能力、替代品的替代能力、行業內競爭者現在的競爭能力。

[3] SWOT分析，是對企業內外部各方面進行綜合性的競爭力分析，以優勢（Strengths）、劣勢（Weaknesses）、機會（Opportunities）和威脅（Threats）四個項目為模型。

評估競爭對手與自身的差異與優劣勢，進而找出可行的機會與方向。接著可以STP[4]為擬定的策略做市場區隔、定位進行分析，以差異化、優勢化為定位。再擬定具體執行方案，一般來說，可以運用行銷4P[5]或4C[6]來進行，有了具體的方案，才能進一步規劃執行細節與時程，以及整體預算、人員編制與工作分配。完成這些項目後，還得進行整體效益評估，呈現量化與質化的結果。這些步驟，就是企劃書製作的流程。

　　製作企劃書之前，一定要先認清這個企劃書的目的何在，掌握問題的關鍵，同時蒐集相關資訊。舉例來說，如果針對一家餐廳的年度營業額如何提高20%進行企劃，就得掌握這個案子的核心是提高年度營業額兩成，開始思考方法時，不得偏離這個核心主題，同時也得不斷檢視每一個發想是否可行。而提高營業額不外乎增加來店用餐人數，增加每次消費金額，以及提升再次消費的頻率。所以，可以送折價券，下次消費一定金額可以折價。然而，送折價券雖然是個誘因，不過折價券等同於折扣，於是得評

---

4　STP理論為選擇確定目標消費者或客戶，或稱市場定位理論。由市場細分（Segmenting）、目標市場（Targeting）和市場定位（Positioning）三個單字組成。

5　4P，即產品（Product）、管道（Place）、價格（Price）與促銷（Promotion）四個層面的綜合分析。是從經營者的角度思考的商品行銷策略。

6　4C，即消費者的需求與欲望（Consumer）、消費者願意付出的成本（Cost）、購買商品的便利（Convenience）與溝通（Communication）的分析，是從消費者角度進行的行銷策略導向。

估營業收入總額增加，但是折讓會讓營業淨額下降，對於餐廳的盈餘是否有幫助？而折價券還可設計成不同餐點組合有不同的折價，或者贈送飲料，藉以增加消費者再回頭用餐的動機，只是背後的成本評估可馬虎不得，以免營收總額雖然增加，但是淨利卻下降。

只不過送折價券已是許多餐廳為刺激消費所採用的方法，對消費已失去新鮮感，於是諸如買一送一，或二人同行一人免費的加碼手法也出現了。還有累積消費次數可以折價或贈送餐點，或者送貴賓卡等，都是為了讓消費者再次回頭所採用的折扣方式。問題是，加碼總有上限，當消費者胃口已經養大，這些折扣的構想是否有效，就必須考慮。而且，一時的刺激是否能培養長遠忠實的客群，也是得考量的。如果送折價券或贈品的手法已無新意，則可以發想是否可以做異業結合，與其他行業合作。例如與銀行信用卡合作，利用銀行已有的客戶，開發新的用餐客群，但是得考慮付給銀行的費用是否合理。又或者可考慮與品牌服飾合作，用餐即贈送衣服或折價券，同樣的，得考慮這個合作所必須付出的成本，以及對消費者的吸引力，還有餐廳的價位與來店的客層，是否能與所選擇的品牌服飾相輔相成。

此外，還可從餐廳本身思考，增加菜色、改善用餐環境、提高服務水準等，但是，還是得考慮成本的投入，評估帶來的效益是否成正比。又或者增加廣告行銷的投入，考慮在網路、平面或多媒體播放廣告，是否可以達到提高營收的目的。為了取得有效的評估依據，資訊的蒐集就顯得重要。如針對來店客人填寫問

卷，了解客人的想法；或者進行市場調查，看看同性質的餐廳用何種方式吸引客人，餐廳所在地的交通環境等地理位置，還有消費人口的年齡層、職業、用餐習慣等；或者蒐集各種廣告行銷的成效評估，計算成本與效益的關係。除此之外，還得蒐集同一區競爭對手的資訊，藉以分析評估市場競爭情況。另外，還必須檢視過去每年的營業額，成本支出，分析來客數、客單價、翻桌率、坪數效益等各種資料。有了這些資訊，就可以合理有效地推估還未執行的構想是否可行。所以，任何想法不論多具創意，最後都必須考量落實的可能，事前掌握充分的資訊，是進行企劃案前置作業最重要的工作，輕忽不得。

　　第一步踏出後，在資訊愈完整的情形下，基本上提案人已胸有成竹，可以將這些資料與想法具體寫出。有些專家認為企劃書沒有固定格式，這樣的說法，對於初學者並不恰當。當然，企劃書的關鍵在於創意的發想，不局限於格式似乎較能刺激提案人的想像，然而，任何企劃提案最終都得落實，格式是為了幫助提案人評估所有念頭的可行性，而非限制。初學者學習格式，不是依樣畫葫蘆，而是得從中了解企劃整體的概念。《伊索寓言》中有個〈給貓兒掛鈴鐺〉的故事，提案老鼠的好點子獲得大家贊同，但是，這個具創意的提案，最終還是得面對執行的問題。如果無法執行，再好的提案與構想都是白費。所以，寫企劃書的流程，就是個不斷檢視評估的過程。

　　一般來說，企劃書的格式包括架構與樣式，架構是指整份企劃書應具備的項目，大致可分為前、中、後三個部分，前的部分

為這份企劃的主旨、目的以及提案理由；中則為這個企劃的詳細說明，包含執行策略與方法；後則為預算、預期效益與備案。如果有詳細的數據或分析資料，可另以附件的形式置於整份企劃書之末。至於形式則是指排版，利用版面配置的各項設定，突出重點，讓讀者可以很快的掌握整份企劃書的關鍵。最後，將企劃書的精要製成投影片，便於口頭簡報時能快速將重點呈現，爭取認同與採用。

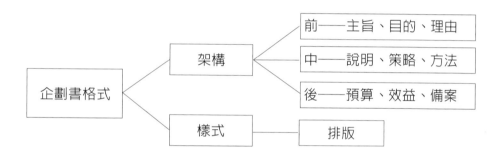

## ㈣ 企劃原則

一般來說，構思企劃書有個「5W2H1E」原則。所謂的「5W」，就是「What」——目的；「Why」——緣由；「Who」——對象；「Where」——場所；「When」——時程。而「2H」就是「How」——方法；「How much」——預算。至於「1E」則是「Evaluation」，為效益評估。我們如果把構思企劃書比喻成追求世界第一大寶藏的偉大航海，首先得認清這次航行的目標是什麼？（What）藏寶的地點在哪裡？如果

目標不清，這會迷失在茫茫大海。目標明確後，必須說明為什麼是這個目標？（Why）有什麼理由可證明世界第一大寶藏是存在的，而且是可以達成的。蒐集引用資料愈詳盡，愈能增加提案的說服力。理由交代清楚後，下一步就要說明如何才能到達藏寶的地點？（How）用什麼方法得到寶藏？這個方法是否具有創意？能比別人更快、更有效地達到目的。航行方法確定了，接下來就要規劃尋寶的時程。（When）什麼時候啟程？航海的時間多長？預定何時到達？用多少時間發現寶藏？為了有效的取得寶藏，要帶什麼人同行？（Who）每個人專長分工是什麼？可能會遇到爭奪寶藏的其他人是誰？都得預先評估。而尋寶沿途的路線為何？（Where）會經過什麼地方？每個地點的環境為何？除此之外，整個航程需要花費多少？（How much）金錢來源為何？想要得到的寶藏是否值得？就必須進行效益估算。（Evaluation）獲得寶藏可帶來量化的財富，也可能有質化的航海王稱號。藉由這些原則進行企劃的整體構思，才能使提案具有執行的可能。一個完整的企劃案，其中每一個項目都是彼此相關聯的，在製作時必須不斷地隨時檢視。每一個環節都彼此相關，牽一髮而動全身，因此，在提案思考時，就必須面面俱到，避免百密一疏。

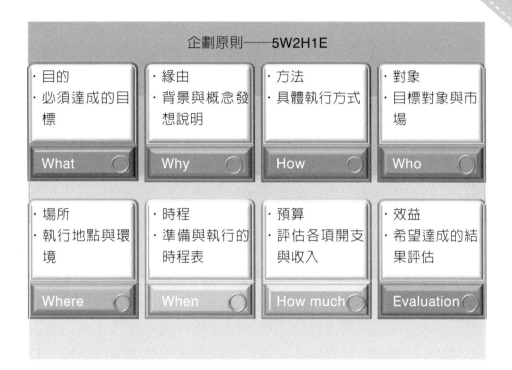

企劃原則──5W2H1E

| ·目的<br>·必須達成的目標 | ·緣由<br>·背景與概念發想說明 | ·方法<br>·具體執行方式 | ·對象<br>·目標對象與市場 |
|---|---|---|---|
| What | Why | How | Who |
| ·場所<br>·執行地點與環境 | ·時程<br>·準備與執行的時程表 | ·預算<br>·評估各項開支與收入 | ·效益<br>·希望達成的結果評估 |
| Where | When | How much | Evaluation |

　　不論何種類型的企劃案，都可依以上所列的八項原則思考。舉例來說，如果有個凝聚員工向心力的活動企劃，提案人就得思考要辦什麼樣的活動，（How）才能達到提案的目的，（What）為什麼要辦？（Why）是因為公司士氣不振？還是各個部門彼此有心結？了解原因所在，才能對症下藥。於是，針對這個目的，就可以提出舉辦員工旅遊的企劃，藉由旅遊讓員工放鬆，也可適時放入訓練課程或團康活動。然而，辦旅遊就必須考慮地點，（Where）去幾天？什麼時候去？（When）參加的人有多少？（Who）只有員工，還是要邀請員工眷屬？如何分組？

整個活動的工作人員需要多少，各組分工如何安排？這些項目都與經費預算有關。（How much）辦這個的活動，是否能達成預期的效果，就得從各方面具體評估。（Evaluation）比如選擇去東南亞度假旅行，花費就會比在國內找一個度假村來得高，但是，如果多了這一筆花費，比在國內的地點更可以達到預期的效果，就得評估兩者的差別。而辦這樣的活動，會不會影響公司的運作？與參加的人數與天數有關，公司停工還是得照樣支出，都必須列在成本的估算。至於公司之前是否有辦過類似的活動，方式如何？效果如何？都必須一一檢視。而其他公司如何凝聚員工士氣，有什麼樣的做法？在整體企劃前，也盡可能蒐集資料參考。也可同時列舉數個方案，如員工旅遊，每月慶生會，成長團體等，交由員工票選或設計問卷，以達成共識。當然，也同時數案並陳，規劃完整並評估後，擇一最佳方案，詳述理由論據，藉以說服老闆。總之，一個企劃案的規劃，必須將前述八項原則相互關聯考慮，才能製作出最佳的企劃書。

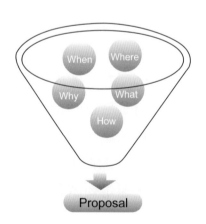

## 五 企劃書結構

　　企劃書與一般作文最大的不同，就是得一開始寫出「結論」，也就是這份企劃書想提出一個什麼樣的提案，必須非常明確地，在整份企劃書的開頭寫出，甚至得構思一個能吸引人的「標題」。如上述舉辦員工旅遊的企劃，若依公司的指示，一般會寫成：「提高員工士氣——峇里島四天活動企劃」。這樣寫雖然清楚，但力度不夠，若改成：「到峇里島找未來——員工士氣翻倍企劃」或「用機票換鈔票——員工士氣從峇里島開始企劃」，便可藉由標題吸引目光。然而，一個好的標題，還不足以使企劃成功，內容仍是企劃案的關鍵，以下分別就企劃書的結構加以說明。

### ㈠ 封面

1. 封面需有企劃案的標題、提案單位、撰寫人員、撰寫日期。
2. 封面要有設計感，可利用圖像美化版面，突出標題。圖像與標題和內容最好有所關聯，效果更佳。

### ㈡ 目錄

1. 翻開封面後，要有企劃書的章節目錄，方便檢閱。
2. 可利用不同的字級變化，突出章節標題和頁碼的層次。

### ㈢ 摘要

　　為便於讀者在短時間內掌握企劃書內容，應在目錄頁後，加入一頁的「摘要」，提綱挈領地說明企劃書的重點。

### ㈣ 企劃緣起

　　企劃書的開頭，應先交代撰寫本企劃書的原因、背景，並且說明這份企劃的宗旨、目標，讓讀者了解為何有這份企劃書，企劃案的理由以及創新之處。

### ㈤ 問題分析

　　在提出企劃案之前，要先對這個企劃要解決的問題進行分析，利用PEST、STP、SWOT等分析理論，說明整個企劃的依據，並提出解決問題所採用的方案，即本企劃書的企劃案。

### ㈥ 內容細目

　　企劃書內容通常包含下列幾個項目：

1. 執行方法。說明企劃案的策略、流程、具體做法。
2. 企劃案執行時間、地點，並加以說明。
3. 工作人員人數、組織和分工計畫。
4. 時程表。利用甘特圖說明每個階段的工作任務、時間進度和執行順序。
5. 預算表。詳列成本、營收、獲利、資本支出以及資金來源等項目。

### ㈦ 效益評估

　　針對本企劃案所能達到的效益進行評估，具體呈現可能的結果。

## ㈧ 備案

　　若企劃案涉及非人力的因素，如天氣可能會影響活動企劃的地點，就必須準備因應的備案。

## ㈨ 附件

　　如果有相關文件、引用文獻、數據和補充資料，可在最後以附件方式呈現。

　　企劃書的結構大致如上所述，但是並非一成不變，不同種類的企劃書在各個項目的詳略也不盡相同。然而初學者仍應從這些基本項目開始學習，而且這些項目還可以幫助我們評估一個企劃的可行性與完整性，故先依上述結構製作企劃書，再循序漸進。

## 六 企劃書格式

　　企劃書不像公文書，具有嚴格的格式要求，但也不是隨筆，可以任意為之。事實上，依循一定的格式，能使企劃書的形式完整，有助於讀者掌握內容。以下略述一般企劃書製作的格式要項，初學者在學習製作企劃書時應加以注意：

1. 企劃書最好使用A4紙張，直式橫排。
2. 企劃書本文的字體不要太小，可為12號字。本文、標題可藉字級變化區別。
3. 一份企劃書雖無字數限制，但應儘量視情況精簡，非必要在內文的引用文獻或數據相關資料，可移至附件。
4. 頁面排版應適當，字距行距不宜太密，也不可太寬。段落之

間的距離至少半行，每個標題段落應與前後標題段落至少有一個行距以上，並可視情況每個標題段落另起一頁。

5. 每個重點可分立小標題，使眉目清楚。

6. 每個章節主題，可先簡要敘述，摘要該章重點。

7. 內文細項儘量以條列方式呈現，避免冗長的敘述。

8. 特別重要的關鍵字、句，可用粗體字、加底線，或是不同顏色做為區別。

9. 「字不如表，表不如圖」，應儘量使用不同圖表形式說明內容。圖表盡可能與相關文字說明同頁。

10. 文字明確精簡，避免冗長敘述。校對尤應仔細，不可有錯漏字。

### 案例說明

　　一般來說，學生接觸學習寫作企劃書，都是先從舉辦活動開始。校園中常舉辦各種活動，學校的課外活動組通常會要求學生繳交活動企劃書，並且提供企劃書的範本讓學生參考。沒有經驗的企劃書製作者也多以填答方式交差了事，此舉雖然很快可寫出企劃書，但多半是依樣畫葫蘆的抄襲之作，與真正的企劃書相去甚遠，也容易造成初學者看輕企劃書的印象。所以我們藉由一個典型的校園活動企劃書樣式範本為例，依序說明一個正式的企劃書應注意哪些細節。

## ○○大學○○學年度「○○盃」歌唱比賽活動企劃書

（説明：這樣的標題只是制式化的文字，雖然套用即可，但是缺乏創意。就算是例行性的活動，也應在許可的範圍，爲每一次的活動取個符合當次主題的稱號。如本年度的歌唱比賽如以懷舊復古爲主，就可取名「○○盃」——「想當年」歌唱比賽。有主題名稱，一來易集中焦點，一來也可以讓每年的例行性活動產生一些不同的變化。至於個別的活動企劃，就更應該取個主題名稱。）

一、活動宗旨：藉由本活動來擬聚本校師生的向心力以及情感交流的機會，同時透過本次比賽來展現美好的歌聲，並且可以提供大家一個紓解身心的活動。

（「活動宗旨」是説明辦這個活動的目的，也可使用「活動目的」。整份企劃書就是爲了這個宗旨而起。範本説出四個重點，包括凝聚師生心力、師生情感交流、表現歌喉以及抒發情緒。然而，文句贅字多，稍嫌冗長，並有不合文法與錯字之處。如同宗旨不變，文句可調整爲：「本活動可凝聚師生向心力，促進情感交流，並得以紓解身心壓力，也提供一個展現歌喉的舞台。」此外，如以完整的企劃書角度來看，應在本項之前增加「活動緣起」，説明這個活動的起源與背景。以這個範本言，是因爲師生沒有太多交集，缺少交流機會，還是最近有什麼事情發生，促使學校必須舉辦歌唱活動。如果是例行活動，也可説明當初舉辦這個活動的理由與沿革，並且應在本項

之後再增「歷年活動紀錄」一項，以文字和照片說明之前活動的內容。如此一來，也可藉以對比出本次活動有何不同於以往，更突出這次活動的特殊之處。）

二、指導單位：學生事務處

三、主辦單位：課外活動指導組

四、承辦單位：○○級學生會

五、協辦單位：吉他社、熱音社

六、贊助單位：○○印刷社、○○小吃店

（一般來說，由於經費與層級的關係，通常會列舉以上五項。只是這五項可視情況刪減，不一定全得列出。由於活動通常需要送審，核准者為主辦單位，提出計畫並負責經費籌募，而受主辦單位委託代為執行活動即是承辦單位，如果主辦單位負責執行就不用列承辦單位。至於指導單位則是補助本次活動經費的上級單位。而一同參加這次活動的單位或團體，非指導單位或主辦單位，均可列為協辦單位。名稱也可視情況調整，如小型活動的「指導單位」可能為「指導老師」，「主辦單位」可以為「主辦人」。另外，也可在主辦單位或個人後面加註聯絡方式。另外，如有提供經費或其他獎品、紀念品等非上述單位之政府或團體，應以「贊助單位」列出。）

七、活動時間：○○月○○日（週○）○○時○○分至○○時○○分

（活動的時間，必須考慮參加人數，比如安排在晚上，或

是在週末，就可能造成報名人數的不同。）

八、活動地點：○○演講廳

　　（活動地點的選擇，也關係參賽人數多寡、場地的大小、設備、交通等，都必須綜合評估。）

九、參加對象：本校教職員生

　　（如果是精簡的企劃書，以上三項如此列舉即可。但一份完整的企劃書，必須在每個項目後說明理由。說明為何選擇這個時間、地點？如何預估參加人數？因為時間點與參與人數有密切關係。至於場地是否能夠容納？如果報名人數超過或不如預期該如何？這些都必須在每個項目後加以說明。）

十、報名方式

十一、評審

十二、獎項

十三、賽程與規則

十四、評分標準

　　（本範例只列舉標題，省略內容。事實上，這幾個項目為活動內容細節，是企劃書最重要的部分。提案人必須清楚交代整個活動流程，仔細考慮每個環節可能會遇到的狀況。尤須注意活動內容必須切合宗旨與目的，一如這個活動雖是歌唱比賽，但活動宗旨是為了凝聚師生向心力，不是選拔明日之星，所以比賽規則與評分標準得從寬規範，並且以師生同樂為考量。甚至可以安排師生合唱、師生接唱等方式增加活動的

趣味性；或者增設最佳表演獎、驚奇變身獎。藉由活動內容的創意設計，讓整個歌唱活動不只是唱歌，而是讓活動達到真正的目的。而如果本次的主題是老歌，或者老歌新唱，就必須在賽制、賽程以及選曲等加以規範。至於賽程、評分標準可以用表格呈現，讓讀者清楚看到活動的時間流程與相關規定。換言之，每個活動企劃內容都是獨一無二的，就算是例行性活動，也得推陳出新，或是加以創新突破。企劃內容隨著主題、宗旨而構成一個整體。）

十五、工作執掌表

　　（一般校園活動會設置一位總召集人，下設執行祕書，並分活動組、總務組、文宣組、器材組，場佈組、場控組、接待組、攝影組等。組別與各組分工可視人力情況機動調整。惟工作分配與各組職掌必須明確，勿有重疊或權責不明之處。製作企劃書時應避免沿襲範本或過去已訂定的分組，因為每次活動的人力、狀況或地點、人數都可能有所變動，因此得依實際情況仔細分配任務。）

十六、經費預算

　　（活動企劃的一個重點項目即是預算表，事實上，幾乎所有的企劃書都需估算經費，活動的成敗往往看預算就可以預先評估。一般校園活動企劃，經費預算表列不是太過簡略，只列舉一、兩樣，並填個整數金額充數；或不知如何列舉，把一枝筆、一張紙都列出。一個適當的預算表，應先區分大項目，

如人事費、設備費、膳食費、交通費、文宣費、雜支等，再列出一些細項於這些大項目之後，並標出單價、數量與總額。大項目與小項目不應並列，如茶水、點心就歸於膳食費之下。每一個項目的單價應事先查詢清楚，不宜浮報。如果另有贊助，亦得於預算表中列出，並做出收支估算。從經費預算表可看出提案人對整個活動的掌握程度，因為從準備到執行的過程，都有支出，而提案人必須仔細考慮每一個環節的費用，具體呈現在預算表中。）

十七、工作進度表

　　（為明確呈現整個活動從準備到結束的進度，一般以「甘特圖」表示。校園活動企劃書通常到此結束，然而，最好可以做活動效益的評估。如果是例行活動，更應該說明過去活動的優劣與成效，才得以說服別人繼續執行的必要。）

十八、附件

　　（以活動企劃而言，最好能附上海報設計圖、報名表、文宣以及場地圖等。並且可以規劃備用方案，如遇天候因素必須改期、改地點，甚至改變活動設計等。）

　　總之，一個好的企劃書不見得份量很多，但一定是經過仔細規劃，面面俱到。企劃書愈完整，活動成功的機會就愈大。初學者最忌抄襲他人企劃書，如此一來，將不會認真思考學習製作企劃書的種種，永遠無法踏出第一步。

## 八 習題

(一)製作活動企劃，主題是介紹校園所在地的小吃，藉由這個活動
讓新生儘快認識校園環境，並融入校園生活。

(二)製作活動企劃，舉辦學系「○○週」活動，設計一週的活動，
目的為提升學系師生向心力，並讓全校師生共同參與。

## 九 延伸閱讀

(一)竹島慎一郎：《企劃王：編排圖文並茂的企劃書》，台北：博
碩文化，2005。

(二)高橋憲行：《完全圖解不敗企畫書100招：日本企畫大師教你
全方位企畫案》，台北：大樹林，2010。

(三)原尻淳一：《企劃實用祕技》，台北：商周，2009。

(四)戴國良：《圖解式成功撰寫行銷企劃案》，台北：書泉，
2006。

(五)韓明文：《企劃$^+$》，碁峰資訊，2008。

(六)陳梅雋：《優質企劃案撰寫：實作入門手冊》，台北：五南，
2011。

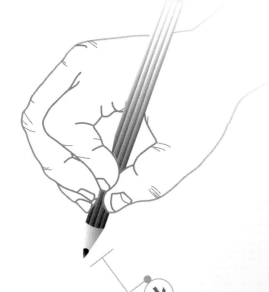

## 一 廣告文案是什麼？

　　廣告顧名思義就是「廣為告知」的意思，具體的說就是：廣告主以付費的方式，透過適當的平台，針對特定的對象，傳達經過設計、包裝的訊息，以期達到特定的宣傳目的，進而創造出產值。廣告本身是商業行銷中的一環，是產品與消費者之間重要的鍊接。如果我們以下列行銷4P的圖示[1]來解釋，就能了解廣告文案的位階，並且明白它並非單純的舞文弄墨，而是帶有強烈實用性質的應用文書。

　　廣告在行銷領域中，負責的是有效增加產品「曝光」（impression）。根據一項粗略的調查估計，人的一生中所接收到的廣告曝光數量高達數十億，若說現代人生活在廣告的年代中，並不算言過其實。雖然在行銷組合的觀念之下，廣告僅是大

---

[1]　參考邱順應《廣告文案》，〔臺北：智勝，2011年〕，頁5。

規模商業活動中的枝節末梢，但它同時是直接面對消費者的實戰前沿。在英國、南韓、紐西蘭、澳洲、香港、臺灣所規範的文化創意產業中，都包含了廣告。以聯合國教科文組織對文化創意產業的定義來看[2]，廣告是結合創意、商業，具有經濟效益的未來性產業。

　　知名消費流行記者袁青曾說：「廣告，就是要讓你『動心』，接著你才會『動手』，那些天價精品才會賣出去。最近，大家各出奇招，都在比誰最能讓人『看一眼，就動心』……。」[3]曾有人詢問某知名精品手錶的老闆，昂貴的手錶究竟造價多少，老闆回答製作材料的成本和一般手錶並無二致，但他們花了數百倍的精神及廣告費用，打造品牌的價值。如果撇開複雜的商業運作不談，廣告文案的寫作是創造高度利潤的競技場，也是賦予產品生命和表情的關鍵。令人「動手」是目的，令人「動心」則是技術，它需要掌握消息、解讀資訊、有組織、有創意、有情采，以圖像和文字充分展現產品。

---

[2]　聯合國教科文組織對文化創意產業如是定義：結合創意生產和商品化等方式，運用本質為無形的文化內涵，這些內容基本上受著著作權保障，形式可以是物質的商品或非物質的服務。這個文化產業可以視為創意產業（Creative Industries），或是在經濟領域稱之為朝陽或未來性產業（Sunrise of Future Oriented Industries），或是在科技領域稱之為內容產業（Content Industries）。

[3]　袁青：〈破解精品廣告裡的時尚催情術—眼的春藥〉，《聯合報》，2007.08.13。

## 學習目標

　　廣告文案不只是單純的文字寫作，還必須具有一定的商業行銷概念，但是在應用文課程中，我們的學習目標著重於了解廣告文案的寫作原則，並能分析辨別廣告文案的優劣，最後學習撰寫簡單的廣告文案。至於進一步專業的廣告文案撰寫製作，仍須以市場運作與行銷為基礎，再輔以具創意且動人的文筆，才能寫作具市場價值的廣告文案。

## 廣告文案的種類

　　以廣告媒介加以分類的話，大致可將廣告文案分為下列幾種類型：

### ㈠ 印刷物廣告

　　印刷物廣告是傳統常見的廣告形式，傳單、報紙、雜誌、DM目錄等皆屬之。

　　以傳單來說，通常是單頁，將所欲銷售的商品以大圖、大文的樣式呈現，多數靠著夾報、派送的方式送達消費者手裡。傳單廣告的好處在於訴求明確、直接不囉嗦，幾乎是在向所有人宣告，我就是「廣告」，缺點則是普遍缺乏創意，且易受地域性限制。

　　以報紙來說，其發行量大，即時性強，通常具有不錯的能見度，尤其是占據大版面的廣告若再輔以圖片，其效果尤佳，但擠在小欄位的分類廣告，除非消費者特別留意，否則宣傳效果就比

較差。

　　至於雜誌廣告，由於印刷精美的緣故，較容易攫取消費目光，但選擇於哪種屬性的雜誌曝光，需要考慮該雜誌主要消費族群的特性，例如：販售美容美妝產品的廣告，在藝文雜誌上刊載，預期的經濟效益就會降低；反之，若是新書、文具用品的廣告，則會相對適宜。

　　而DM廣告[4]因為製作經費不高，一般在廣告公司都是新手的試驗場，或者是乾脆發包出去的東西，但它所能帶來的實質效益，真的不容小覷。對於廠商而言，DM派送是主動撒網尋找消費客群，對於消費者而言，是免費從天而降得到產品訊息，如果妥善運用圖文並茂的原則，再加上埋置「截角折扣」、「分期付款」、「優惠期限」之類的刺激元素，有時候會帶來超出預期的實際利潤。

## ㈡ 影視媒體廣告

　　在聲光刺激頻繁的時代裡，影視媒體廣告的影響力無遠弗屆。電視或相關媒體平台的廣告，廣告主通常會投入極高的製作預算，相對地，影視媒體廣告所需投入的人力、時間、技術也是最多的。此類廣告需要縝密周全的規劃，包括市場分析、資料蒐

---

[4] DM目錄是direct mail的縮寫，原來是以郵件方式，針對特定消費者寄送的一種廣告文宣。隨著商業行銷手法的繁複化，其形式日益繁多，小自名片大小，大至四開全張，有的是由工讀生派發，有的則在入場處隨人自取。

羅、腳本企劃、文案書寫、影音設計，乃至於曝光的時間、地點、次數，都需要被充分考慮，才能將商品生動地呈現給閱聽大眾。

## ㈢ 網路平台廣告

由於現代人生活習慣的改變，網路廣告的崛起勢力也不容小覷。根據報導指出，美國網路廣告銷量近年來有狂增的趨勢，臺灣的情況亦然。網路廣告的好處是不受時空限制，幾乎無所不在，但也因為它「無孔不入」的特性，亦常引起網路使用人的反感，因此廣告主選擇刊載平台時，最好是在與產品關聯度高的網站曝光，才能帶來更高的經濟效益。例如：在旅遊網站上，連結旅遊指南書籍或是行李箱、戶外機能用品的廣告，其效果就會遠勝於賣食材或玩具的廣告。

## ㈣ 日常用品廣告

日常生活中，經常可見廣告依附著某些物品，以「廣告小贈品」的形式存在於我們左右，例如：面紙、帽子、環保袋、日曆、月曆、桌曆、農民曆、火柴盒、打火機，可能都印著商家、候選人的相關訊息，甚至也有直接「試用包」來增添買氣的宣傳做法。

## ㈤ 交通工具廣告

公車、計程車、火車、捷運、飛機等各式交通工具上，也經常可見張貼著各種廣告。由於交通工具是移動的，所以這類型的

廣告本身就是活動廣告，懸掛於外部的廣告只要符合版面大、字少、圖佳這幾項基本原則，通常都有不錯的宣傳效果，內部廣告可以朝向精緻化發展，比如公車詩文就是很好的嘗試。

## ㈥ 傳統市招廣告

　　市招廣告通常懸掛在街道商家門口，或是大型路口、廣場等地方，靜態平面的招牌一般以展現商家店名為主，動態的電子布告，則以跑馬燈或霓虹燈的形式加以綴點。市招廣告上的廣告詞並非重點，主要還是得考量看板設立的位置，與字體的大小顏色，是否足夠讓消費者能清楚辨識。

　　除了上述常見的廣告形式外，還有一種頗具效果的隱性廣告，像是電視、電影裡明星所穿戴衣服飾品，或使用各種的物品，都有可能隨著明星受歡迎程度，以及票房收視率，而創造一種消費風潮，甚至帶來不可估量的實質效益。因此許多廠商願意砸下重金，尋找適合其產品形象的代言人，予以長期的贊助。

## ㈣ 廣告文案寫作原則

　　廣告與商業行為不可分割，帶著強烈的意圖性與針對性。廣告文案是一種複雜的文體，也是一種特殊的寫作形式，有時候它像小說（有故事性），有時候像散文（親切家常），有時候像詩（充滿暗示懸念），但它絕不是純文學創作。

## ㈠ 精簡性

　　所有的廣告文案都有明確的行銷主體，廣告費用又是以篇幅大小或以秒計算，因此用語精準、例無虛發，是其寫作的共通原則。在資訊爆炸的社會裡，閱聽大眾沒時間看你鋪哏或長篇大論，言簡意賅不失焦的秀出產品才是王道。例如Nike在1988年打出「Just do it」就是極經典的廣告標題，但所謂精簡並非僅是「簡短」的意思，還需要在簡潔中有鍛鍊，比方說莎士比亞（William Shakespeare）在寫《哈姆雷特》（Hamlet）開頭時「To be or not to be」那句經典名句，如果當時寫為「Alive or dead」，相信沒有人會記得它。而李立群柯尼卡底片：「他抓得住我」，或是中華豆腐化用朱自清〈背影〉的月臺送行意象，以及「慈母心，豆腐心。中華豆腐，心連心」的廣告金句，則都是簡單精煉的成功例子。

## ㈡ 創新性

　　廣告文案是意圖性極強的應用文書，因此它有諸多限制性（寫作方向、字數、產品特性等），在寫廣告文案前，最好先認命地接受限制指令，然後再想辦法跳脫藩籬來思考，拿出在鋼索上寫詩的膽識。有人說，詩人是萬物的命名者，廣告文案當然並非詩，但其寫作過程常需要「詩意」的聯想，而詩歌高度凝鍊化的語言特性，也是廣告文案寫作可以取徑的管道。1947年，De Beers以一句廣告語，「A Diamond Is Forever」（鑽石恆久遠，一顆永流傳）令人留下深刻印象，後來還被翻譯成多國語言，在

全球獲得迴響，甚至入選20世紀最佳廣告語，即是表現不俗的例子。又例如：歐蕾保養品以「你是我高中同學？不，我是你高中老師。」那支電視廣告，成功打開品牌知名度，也令人耳目一新。至於歐蕾後續推出「我是你小阿姨」的系列廣告，就顯得狗尾續貂了無新意。

## (三) 攻破消費心防

　　廣告文案的目的擺明就是要人掏錢購買產品，但如果毫無修飾又太赤裸，消費者也不見得肯輕易買單。所有的廣告文案都有書寫的對象，可能是一瓶飲料、一支手機，或是一部汽車……，在這極度「物化」的寫作條件下，文案必須設法喚起商品的靈魂，讓商品有生命、有故事，與消費者產生連結，才可能在競爭的市場裡存留。在這個講究「感覺」的年代，透過創意包裝美感、強化實效，最容易形成有「表情」的商品。文案訴求若不能取得顧客認同，即使再好的商品也很難賣出去。換言之，廣告文案最大的功能就是要找出顧客隱藏的「價值觀」，並給予有效刺激，以引起其共鳴。例如：麥斯威爾咖啡「好東西和好朋友分享」，用語簡淺自然，又能琅琅上口，「分享」的觀念既能符合大眾心理，亦契合廣告產品形象，就是一個成功攻破消費心防的廣告文案。值得特別提醒的是，廣告文案可以「隱惡揚善」，選取最適合的角度呈現商品價值，但提供誠實的訊息給消費大眾，才是真正的上上之策。就像最近喧騰一時的「胖達人麵包」事件，其廣告標榜「天然食材」，的確成功掌握消費者心理，也達

到一定宣傳效果，但問題在於，其製作過程添加人工香精，卻謊稱食材天然，則明顯是廣告不實，自損商譽的行為。

　　撰寫文案的方法千百種，我們不可能一一舉例說明，以下歸納出簡單法則供參考：1.有效的提問。2.找到關鍵字。3.縮短句子。4.鍛鍊字句。5.把話說的肯定。6.善用修辭法。7.同樣的話換個方式說。8.把商品的表情寫出來。

### 五 文案要素與寫作邏輯

　　撰寫文案第一件要問的事就是：What to say？其次則是How to say？What to say中的「what」，就是文案的「要素」，而How to say中的「how to」則是文案的「書寫的邏輯」。以下分別敘述：

#### (一) 文案要素

　　以平面廣告來說，其構成要素大致包括標語（slogan）、標題（headline）、副標題（subhead）或前標（pre-catch）、內文標題或小標（body point）、內文（body copy）等。其構成要素很像新聞標題，有助於閱聽者快速掌握主體訊息，具有畫龍點睛的實質功效。然而，文案雖是廣告的靈魂，卻必須懂得適時收斂，並非每項要素都需要一起上場，有時候所有部隊一齊出閘可以展現最大戰力，有時候光是一句經典slogan也能攻無不克，撰寫文案者要先擺脫賣弄美詞的心態，回歸為產品拋光打磨的基本目的，才能發揮最佳效果。

廣告文案中的標語和標題，無疑占有最吃重的角色。一般來說，標語是廣告中曝光頻率最高的字句，因此它必須禁得起「重複」引用，並具有一索引千斤的「貫串」性，如能將其設計成簡短、響亮、精鍊的語言且能夠支撐品牌形象或產品特色，是最好不過的。例如「飲冰室茶集」飲料，以清末民初學界泰斗梁啓超的文集發想命名，復以「春光和詩佐茶」為訴求，營造出濃濃的文學味，讓喝飲料也變得風雅起來，即是很精彩的廣告標語設計。此外，像Nike的「Just do it」、McDonald's的「I'm lovin' it」、媚登峰的「Trust me,you can make it」，中國信託的「We are family」，甚至是陳水扁第一次選台北市長的「希望的城市，快樂的市民」，也都是很不錯的標語。至於標題，主要的作用在於濃縮廣告訊息中的企圖與重點，通常會偏向局部描述，以具體事實來表現產品特色，例如NISSAN集團在宣傳旗下TIIDA汽車時，標榜小而經濟的房車，以「最大的小車——魔術大空間」做為廣告的主軸，其文案的經營也算很到位。

除了標語和標題之外，副標題在文案中也是很重要的。它通常與標語、標題一起出現，因此必須用特別的顏色、設計、字級、字型來加工處理，如果以行軍打仗來比喻的話，標語、標題是「將」，副標題則是「參謀」，彼此關係密切、相輔相成。稍作比較的話，標語、標題應以「創意」為主，副標題則是以「策略」為主，副標題是以較為理性的說明來補充或帶出標題的重點。對於一個文案新手來說，可以先將案子的重點（目標、首要訊息、主打訴求）寫在副標題裡，再試著把訊息濃縮、轉化成具

創意的感性字句，做爲合適的標題。

　　而內文標題，通常被稱爲小標題或段標題，當內文太多時，就需要內文標題來引導消費者閱讀，概括內文的訊息。當然，並非所有的廣告都需要有內文標題，如果走創意感性路線的品牌形象，根本不太需要內文標題來標記重點，因爲如此反而會使味道盡失，但如果是家電、汽車、房地產等高度理性訴求的產品，多使用內文標題讓消費者一目了然，是很必要的策略。

## ㈡ 文案寫作邏輯

　　前面我們談過文案的五大要素，一般來說，標語、標題是首先出場的要角，其次是副標題、內文標題，而內文往往是殿後以爲整個廣告作全面性支援。事實上，文案出場的次序就是說服消費者的次序，應該有層層遞進的效果。問題在於，如何層層遞進並有效打動消費者，也就是How to say？如何寫出好的廣告文案，達成預期的宣傳效果，是一門需要仔細計算的學問。首先要會問「對的問題」，什麼是對的問題呢？比如說問消費者：「你喜歡吃什麼樣的食物？」就是一個沒有重點的提問，但若換個問法：「你喜歡吃速食嗎？如果喜歡，你喜歡坊間的哪一家？喜歡哪項食物？如果不喜歡，又是爲什麼呢？」針對性的具體提問，會帶來評估市場潛力的重要參考，將蒐集來的答案不加修飾的分析，找出答案背後的眞正理由，例如：便宜、好吃、方便、衛生、輕食……，才是得到下筆靈感的簡便途徑。接著把蒐集自不同來源的問卷（答案）重複閱讀，把其中有趣的文字圈畫出來

（直覺），再思索畫線的理由（理性），文案的雛形便會慢慢浮現。以下我們看一個M&M巧克力的例子：市售巧克力品項何其多，M&M文案準確找到產品獨特性，亦即它是「唯一」包裹糖衣的巧克力，接著點出獨特性的優點，將其轉化成文案來表現，就成了你我熟知的「只溶你口，不溶你手」廣告標語。

　　要了解文案寫作的邏輯，就得認識文案要素的特性。以標語來說，最重要的是能點出品牌形象和調性，標題的書寫則須呼應標語的精神，副標、內文標題、內文則需要步趨標題，隨標題而起舞。以Škoda Fabia 汽車廣告為例，它以「德製經典，百年工藝」為品牌標語，接著以「開啓您人生最好的第一步」做為Fabia車款的主打標語，然後依此展開搭配主視覺形象的內文敘述，從「車子擁有自己的語言」開始，將車子擬人化，有自己的個性，連結成功的形象，塑造產品的價值。再輔以得獎紀錄、優異油耗等具體訊息，增加更多的理性說服力。「德製經典，百年工藝」的品牌標語，成功利用消費者對於歐陸車種的基本好印象，「開啓您人生最好的第一步」的車款標語，則能吸引想以中等價位購買進口車的首購族，就算是個中規中矩的標準文案。

　　廣告文案的撰寫，雖然需要適當的修辭來增加創意，但也是肩負高度「目的性」的寫作。每則廣告都會承諾一個（或數個）利益，但廣告主所承諾的利益究竟能否說服消費者，則得看文案或產品裡提供了多少足以支撐的理由。換言之，文案書寫裡不僅該有重點，也要隱含因果的邏輯次序，例如：統一茶裏王的主標語是「回甘，就像現泡」，其重點在翻轉罐裝茶不如現泡茶好的

既定印象，因此其餘文案內容和廣告設計都得延續「像現泡」的概念來發揮，而飲料瓶身上那行醒目的反白字：「單細胞生茶萃取技術，釋放大量甘甜，回甘就像現泡。」就點出了產品何以能「像現泡」的關鍵。

## 六 成功廣告文案舉隅——標題篇、內容篇

### (一) 標題篇

據調查，80%的廣告預算都花在廣告標題上，也就是說，廣告標題是廣告中的廣告，一句好的標語（slogan金句），往往能深烙人心，甚至與產品畫上等號。試舉幾則成功的廣告金句如下：

1. 健康事交給白蘭氏【白蘭氏營養品廣告】
2. 鑫溢證券讓你日鑫月溢【大陸證券公司廣告】
3. 感冒用斯斯【斯斯感冒膠囊廣告】
4. 一家烤肉萬家香【金蘭烤肉醬廣告】
5. 勁量電池，渾身是勁【勁量電池廣告】
6. 小車也有大空間【Yaris掀背車】
7. 只有遠傳，沒有距離【遠傳電信】
8. 別讓今天的應酬，成為明天的負擔【解久益】
9. 乎乾啦！【台灣麒麟啤酒】
10. 肝哪無好，人生是黑白的；肝哪顧好，人生是彩色的【329許榮助保肝丸】

11. 我不認識你，但我謝謝你【捐血中心】

12. 化去心中的那條線【黑松汽水】

13. 靜得讓你耳根清靜【松下電器】

14. 自然就是美【自然美】

15. 有青才敢大聲【台灣啤酒】

16. 不在乎天長地久，只在乎曾經擁有【鐵達時手錶廣告】

17. 全國電子就感心【全國電子】

18. 擋不住的感覺【可口可樂】

19. 學琴的孩子不會變壞【功學社】

20. 一人吃，兩人補【新寶納多】

㈡ 內容篇

　　好的廣告文案不勝枚舉，茲舉一個大家熟悉的成功例子——「飲冰室茶集」來說明。市售盒裝飲料品類繁多，但喝過後對於品牌能留下印象者，非「飲冰室茶集」莫屬。原因無他，主要是其文案設計非常出色，它所販售的不僅是飲料，還包含一種加值的文藝美感。它的品牌故事寫得很有意思，廣告文案創作人李欣頻為「飲冰室茶集」寫下極具散文美感的文案，文案中將詩歌與茶連結，將品茶詩意化，塑造產品的詩意形象，其中「以詩歌與春光佐茶」一句，更廣為大眾所知。此外，「飲冰室茶集」還將著名作家的詩句印在紙盒側邊，並以不同的詩句區隔產品的種類，讓消費者產生喝罐裝茶也像品茗般優雅有餘韻的印象。

## 七 結語

　　廣告是一種濃縮的藝術，它具備銷售商品、服務功能、傳達廣告主體理念的基本要素，撰寫時應確實了解商品的屬性、顧客群，抓住其消費心理。換言之，它是一門融合品牌、設計、行銷、認同、修辭的「新美學經濟」。廣告的目的是為了銷售並帶來利潤，因此需要生意頭腦與理性思考，但撰寫廣告的人除了功能性的考量外，他們往往也需要有一枝彩筆，才能點石成金，化腐朽為神奇，也許我們可以姑且稱他們為岸邊的文人吧！

## 八 習題

　　請為你自己所屬的科系，寫一則含有標語、標題、副標、小標、內文廣告文案（字數不限，可以搭配圖像設計）。

## 九 延伸閱讀

㈠邱順應：《廣告文案》，台北：智勝。

㈡李欣頻：《廣告副作用》（藝文篇），台北：晶冠。

㈢李欣頻：《廣告副作用》（商業篇），台北：晶冠。

㈣史提夫‧寇恩Steve Cone：《語不驚人誓不休》，台北：天
　下。

我們在歡喜迎接新生命誕生時，總為「命名」一事大費周章、傷透腦筋，甚至是花錢請命理師指點迷津。也許有人會說：為小生命取名的機會，一生之中實在太有限了。然而，若推而廣之來看，日常生活之中舉凡為自己取英文名或網路暱稱，為心愛的寵物取名，為事業體取個名號，皆是命名取號的時機。雖事有輕重大小，但由是觀之，命名機會實不可謂不多。本文提供五種命名情境：寵物、網路、英文、兒女、店號，可參考、運用的方法與觀念，並著重說明為兒女命名原則。分述如下：

## 一 寵物名

走在週末午後的公園裡，我們不難發現，帶著寵物的飼主們，幾乎和帶著孩子的父母們一樣多了。寵物無疑已成為許多家庭的一份子，是備受寵愛的家庭成員。當我們要飼養寵物時，第一件事或許就是為牠取個名字。隨著風氣漸開、科技進步，寵物的選擇豐富多元，舉凡天上飛的、地上跑的、水裡游的、樹上爬的、土裡鑽的，甚至是植物或電子寵物，皆成為人們寄託情感的好夥伴。每種不同的寵物，所適合的名字自然不盡相同。這裡選擇「人類最忠實的好朋友」──狗，提出一些取寵物名的原則。

首先，不論是人名或是寵物名，還是以別出心裁、不易重複者為優先考量。諸如「皮皮」、「多多」、「小黑」、「小黃」等，這些你我都熟濫至極的狗名字，還是避免較好。既然已經將狗兒視為重要成員，與其隨意不假思索的給牠個名字，真不如好好想想，取個創意十足的好名字。當主人要將寵物介紹給他人

時，不是能藉著這個響亮的名字，表現主人的珍愛之情嗎？

　　再者，為了便於訓練愛犬，讓牠很快記得自己的名字，並能回應主人的呼喚，還是以較短的名字為宜。愛犬的中文名以兩個字為佳，三字嫌多，四字則不宜。若取英文名，亦以兩個音節為佳，三個以上則不宜。常有人以知名人物為寵物取名，如「歐巴馬」、「甯采臣」等等。雖頗富趣味、無傷大雅，卻難琅琅上口，訓練愛犬時可能也會事倍功半。

　　為愛犬取好名字之後，如何使牠知道這是自己與主人的密碼，事涉寵物訓練功夫，非本文能解決的問題，也就請讀者自行搜尋資料、請益前輩了。

　　以上原則，也許在某些對人們的呼喚缺乏反應，且無訓練需求的寵物身上，就顯得無多大意義，諸如：觀賞魚類、爬蟲類、植物等等。在為這些寵物取名時，就任憑主人發揮創意了。

## ● 網路暱稱

　　每個世代都有不同的童年記憶。四年級、五年級生童年時的玩具較為簡單，家境普通者，甚至只能就地取材自己動手做。隨著經濟起飛，六年級生的童年就有些不同，他們有機會能玩到早期的電子遊戲機。可想而知，機台的畫面線條簡單、人物粗糙。七年級生的遊戲機畫面就精緻多了，但仍脫離不了單機的格局。網路時代來臨，澈底改變了人們的童年，八年級生幾乎沒有人沒玩過網路連線遊戲，或沒有利用網路與朋友聊天。網路遊戲與單機遊戲最大的差別，可說是利用網路連線的功能，讓許多人

能共同參與同一場遊戲當中。當一群玩家同時上線，在虛擬戰場上一較高下，有件事與現實生活相同，即是虛擬世界裡我們也需要一個名號來代表自己。如此一來，我們才能在戰鬥中分辨敵我、合縱連橫。取網路遊戲暱稱／ID／名字，就成為登錄新遊戲時的必要過程。網路交友的社群網站、交換各種資訊的論壇，亦是如此。但是，不少玩家卻常為此大傷腦筋。不是常取了與前人重複的帳號，只能在後面加個數字作為區別，活像個跟屁蟲。例如：「天行者01」。又或是盡用些常見、俗氣的字詞，例如：「火」、「龍」、「鷹」、「騎士」、「奶茶」、「半糖去冰」之類的。以上諸例，皆犯了平庸俗濫的毛病，不盡理想。若改弦更張，以寫作「一行詩」的心態來取名，不僅為暱稱添加些許創造力，還能簡要且精準的表現自己，更或能在虛擬國度中左右逢源。

　　一行詩的寫作，首重在極為短小的篇幅內，表現出令人眼睛為之一亮的詩意。所謂的「極為短小的篇幅」，若參考諸多一行詩的徵稿消息，多半限制在20字以內。但若是網路暱稱，則勢必要更短。玩家在登錄新網站時，登錄頁面即會顯示暱稱字數限制，通常是在「10個中英文字以內」。至於令人驚喜的「詩意」要如何表現，正是該暱稱是否成功的關鍵所在。以下提供幾個取網路暱稱的原則。

㈠ 配合屬性

　　網路平台的屬性千奇百怪，每種遊戲或網站適合的暱稱自

然不盡相同。若以同一暱稱「行走江湖」，在各種不同類型的網路平台出沒，只會讓其他玩家覺得此人格格不入。例如，「殺無赦」、「血染殘痕」等等名字在網路遊戲「英雄聯盟」裡很適合，但用在交友網站「愛情公寓」裡，或是資訊論壇「奇摩知識家」，就非常不恰當。反之亦然。因此，在為自己取網路暱稱時，首先要注意是否配合所欲登錄的網路平台屬性。

## ㈡ 善用方法

　　人們常說：「鋼琴是樂器之王。」那麼我們也許也可以這麼說：「比喻是文學之王。」在各種文學技巧之中，「比喻」可說是運用最廣，入門最易，但卻也看似簡易實而難工。

　　詩人白靈曾提供一個練習比喻的有趣方法，讓詩歌創作初學者能小試身手。我們略加改變應用，相信能藉之找到充滿創造力的網路暱稱，甚至更能愛上讀詩、寫詩。以下是此方法的步驟：

1. 先畫一表格如範例一所示。
2. 將任何相關的兩個名詞一個置於A欄，另一個置於B欄中。
3. 任意列出十項至十五項相關的AB名詞，每項之間彼此差異最好大些。
4. 再逐項就各AB名詞能夠想到的各種辭彙，寫於C欄中。可隨意引申，不論是動詞、名詞、形容詞、副詞均可。
5. 先就AB兩欄各名詞，任意地相互連結，例如AA、AB、BA或BB，以「××的××」形式寫下。連結時，最好能脫離日常生活語言的限制，試著創造新鮮又似乎有些道理的組合。如

範例二。

6. 再將C欄中各辭彙與上述A欄或B欄各詞，任意地相互連結，例如：CA、CB、AC、BC、CC等，仍以「××的××」為之。連結的原則如前所示。如範例三。

7. 最後，結合步驟5與6所得到的成果，並且不再受到「××的××」形式的局限，隨心所欲的嘗試造句。如範例四。[1]

範例一：

| 名詞（A） | 博士 | 戰士 | 漁夫 | 法師 | 腳踏車 | 法官 | 少女 | 賽車手 | 偵探 | 廚師 |
|---|---|---|---|---|---|---|---|---|---|---|
| 名詞（B） | 貓頭鷹 | 槍 | 大海 | 魔杖 | 公路 | 恐龍 | 花朵 | 超跑 | 放大鏡 | 食客 |
| 引申的各類辭彙（C） | 眼鏡、智慧、冷靜、飛翔、解答 | 血腥、勇敢、正義、敵人、死亡 | 船、漁網、美人魚、年老、廣闊 | 藥水、作法、邪惡、黑暗、神祕 | 旅行、汗水、地圖 | 犯人、罪惡、牢房、緩慢 | 可愛、火辣、多刺、芳香、曲線 | 極速、快感、引擎、終點、賽道 | 懷疑、線索、殺人魔、害怕 | 油、美味、口水、食譜、刀法 |

---

[1] 以上方法、步驟，改寫自白靈：《一首詩的誕生》，臺北：九歌出版社，1996.4，初版5刷，頁18-19。

範例二：

　　廚師的魔杖、漁夫的超跑、食客的偵探、大海的戰士、法律的戰士、恐龍的少女

範例三：

　　美味的曲線、公路的曲線、多刺的美人、血腥的刀法、食客的牢房、死亡的賽道、殺人魔的正義、懷疑的眼鏡、旅行的終點、旅人的牢房

範例四：

　　賽道是車手的美味曲線（競速類遊戲適用）

　　殺人魔的正義刀法（對戰類遊戲適用）

　　大海的戰士沒有終點（航海類遊戲適用）

　　貓頭鷹的懷疑眼鏡（知識論壇適用）

　　我的舌頭就是放大鏡（美食論壇適用）

　　廚師用魔杖作法（美食論壇適用）

　　地圖不是旅人的牢（旅行論壇適用）

　　戰士懷裡多刺的花（社群網站適用）

　　由範例一到範例四，展現的是由零碎的字詞到一個完整意念的過程，而這意念同時帶著些許引人深思的「詩意」。更重要的是，這些意念都不到十個字，正適合作為網路暱稱。因為用心經營，所創造出的暱稱就與眾不同。若能善用以上方法，多多聯

想、試驗、組合、混搭，你也能找到屬於自己的「黃金比例」。其實，很多熱賣的新奇飲料冰品都是這樣成功的。

## 三 英文名

二十一世紀的今天，英文無疑仍然是世界最重要的語言。當我們走向世界，不論是求學、經商、交友、旅行，只要我們需要和外國人溝通，不論雙方原本使用什麼語言，英文絕對是第一選擇。這時，我們可能就需要英文名，以便彼此互通聲息。

其實，或許很多讀者尚未走向世界，在國內已經有一個英文名，用來和本國人溝通。可能是求學時期由英文老師所取的，這或許是大多數人的成長經驗。亦可能是公司裡的辦公室文化，使得自己必須以英文名儘快融入同事們的對話、工作中。亦可能是一個次文化的理由，因為網路世界（遊戲、交友、社群網站）需要註冊英文名。

前述兩種情況下所需要的英文名，可說是全然不同的。前者需要考慮的情形較多，若無視異國文化、語言間的差異而閉門造車、自作聰明，則難免貽笑大方。相較之下，後者則自由得多。只要好記好叫，避免與人重複，幾乎沒有什麼其他原則。以下，即以「與外國人溝通時所用」、「與本國人溝通時所用」兩項，分別提供幾個取英文名的建議。

### ㈠ 與外國人溝通時所用

不論是中文名或外文名，雖看似簡單幾個字，但其實卻是各

種語言文化某個層面的縮影，英文名當然不例外。為了避免對英語文化的無知所帶來的誤會，以下提供幾個命名的原則。

### 1 避免自創新字、誤用不當字

　　偶見國人將自己的名字直譯後做為英文名，而此名其實根本不存在於英語文化之中。雖然配合中文名以自創新字，符合獨一無二的原則，但卻是子虛烏有，並不適合。例如，中文名為「佩妮」者，直譯為Peiny。中文名中有「芳」或「方」，英文名直譯為Fang。

　　此外，不宜以不應該是名字的單字為英文名，例如水果、食物等。國人誤以為「apple」（蘋果）、「strawberry」（草莓）、「mango」（芒果）等水果可以做為英文名，其實不然。其他如「sunny」（陽光普照）、「funny」（有趣）等等，也不適合。或許是對水果的喜愛，又或許是因為與中文名讀音接近，不論基於什麼原因，以這些單字為英文名，會讓西方人感到不解。

### 2 避免誤以姓為名

　　在國內各媒體所聽到英文名翻譯，常僅譯出姓氏而省略名。例如：柯林頓（Bill Clinton）、甘迺迪（John Kennedy）、歐巴馬（Barack Hussein Obama II），這些直譯後的名字，皆是英文名的姓氏。若我們習焉而不察，誤以姓為名，那真是讓外國人笑話了。

### ③ 借鏡英文名的研究調查

凡為英語文化所接受的英文名，多半都有其來源、含意、知名代表人物，以及最重要的：生活於英語文化圈者，普遍認為該名字有什麼性格特徵及綜合印象。例如：男子名「Aaron」，中文直譯為「艾倫」，給人誠實、勤勞、責任心強的印象。「Abe」，中文直譯為「艾伯」。林肯總統（Abe Lincoln）有「老實艾伯」（Honest Abe）的封號，此名亦給人剛毅、誠實、勤勉、慈善的印象。又例如女子名「Amanda」，中文直譯為「阿曼達」。拉丁名，其詞根表示「愛」的意思，此名意指「可愛的人」。「Ann」，中文直譯為「安」。希伯來文名，表示「天恩」的意思。

國人在取英文名時，最好能借鏡英文名的研究調查結果，選擇一個適合自己特質，或符合自我期許的名字。網路上能搜尋到這類研究成果，讀者可以多方參閱比較。此外，《英文命名DIY》、《英文姓名寶鑑》等書，則是值得推薦的參考書。[2]

### ㈡ 與本國人溝通時所用

基於和本國人溝通時所用的理由，此時取英文名時就無須完全遵循其語言文化，只要彼此溝通方便即可。較須注意的是，此英文名的使用場合。若在辦公室等工作場合所用，則不宜搞笑、

---

[2] 本節參考潘穎薇：〈英文命名趣談〉，收錄於Bruce Lansky & Barry Sinrod編著，李金蓉譯：《英文命名DIY》（男子篇、女子篇），頁11-14。

要寶。例如「Shark」、「Butter」等字就不適合。若在英文課堂、同學朋友之間所用，則何妨輕鬆活潑，以原本不作人名的單字爲英文名。只求能獨一無二，讓人易於辨別而已。

## 四 取兒女名

生兒育女乃人生大事，「名字」正是爲人父母送給孩子的第一個祝福。此外，民間普遍相信，名字於冥冥之間，有著左右孩子一生吉凶禍福的力量。正因它是如此的重要，讀者們可以輕易於書肆、網路中，尋獲姓名學相關書籍、資料、網站。讀者們身旁想必也有不少親友，面對取兒女名的大事時，以「一字千金」的價格求教於命理師。網路上甚至可以找到線上取名工具軟體、常用／罕用名字統計等等，真是五花八門、目不暇給。這些在在顯示，國人對取兒女名有多麼的重視。以下由姓名學與文學兩個角度，分別介紹取名的方法。

### ㈠ 姓名學命名法的幾個基本觀念

姓名學相關資料取得容易，說法、學派紛呈，皆屬東方神祕學、命理學領域，與本書的性質不相符，應可存而不論。以下僅介紹最基本的幾個觀念。

#### 1 字體畫數

姓名學的基礎，乃姓名中諸字之字體畫數。此「字體畫數」的計算方法，和辭典中所習見之筆畫算法略有不同。其一，算部首畫數。「艹」並非四畫，而要以「艸」計爲六畫。如此一

來，「花」就非八畫，而是十畫。其他常見者如「辶」部非四畫，而是以「辵」計為七畫。「阝」部非三畫，而是以「邑」計為七畫。「阝」部非三畫，而是以「阜」計為八畫。其二，算數字畫數。「四」字形雖為五畫，然應計為四數。「五」字形雖為四畫，然應計為五數。又「七」、「八」、「九」、「十」，字形都是二畫，但卻應分別計為七數、八數、九數、十數。以上略述字體畫數原則，姓名學參考書中，多置有「畫數易誤字」彙整表，讀者可參。

除此之外，亦有人主張「艸」即應以四數計，而非六數。同樣的「辶」為四數，「阝」即為三數。其他如簡體字、俗體字等異體字，皆以其字形筆畫計，而無需轉為繁體字。

### ② 姓名五格

姓名學有所謂的「姓名五格」說。此五格分別為：天格、人格、地格、外格、總格。天格為姓的畫數加「假成」的一數而得。人格為姓與名首字之畫數相加而得。地格為名字之畫數相加而得。外格為名末字與「假成」相加而得。總格則為姓名畫數相加而得。試舉例如下：

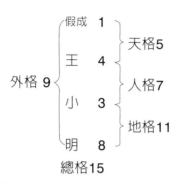

此外，亦有人主張天格無需加上「假成」。有人只提出了「三元：天地人」，而未見外、總兩格。單名的情形應如何處理，亦存在歧見。最後，五格如何與命運綰合詮解，亦有不同學說見解。林林總總，不一而足。

**3 八十一數**

在運用姓名畫數與五格計算完之後，則可配合「八十一數」的吉凶詮釋，判斷姓名主人之禍福。超過八十一數之畫數，則減去八十後，所得之數再與八十一數吉凶相配即可。例如：八十二數還元為「二」，八十三數還元為「三」，依此類推。

所謂的「八十一數」的吉凶詮釋，是姓名學最重要的部分。經過畫數與五格計算後，最後即是要藉此得知命運消息，否則，所得不過是一堆毫無意義的數字而已。正因如此，此部分常被姓名學研究者視為不傳之祕。或是三令五申，不得外流；或是部分透露，餘待有緣。凡是作法，使得此說更添神祕感。

除了八十一數之外，亦可見「六十四數」，乃至

「二百五十一數」等等學說。其實，不只是數量上的不同而已。經筆者比對後發現，就連同主八十一數者，對於各數之吉凶詮釋，亦有些許不同處。以上所論，簡要介紹姓名學幾個基本概念。欲知詳情，讀者或上網檢索，或翻閱書籍便知。

## ㈡ 文學命名法的幾個基本觀念

除了民間流行的姓名學之外，為兒女命名亦另有依循的方向。此法由文字的三個組成要件「形、音、義」，乃至於「文學美感」出發，旨在由字義、字音、字形三方向思考，為子女取一個在形、音、義皆充滿文學美感的名字，並藉此寄託深切祝福之意。以下分別介紹之。

### 1 如何具備含意美[3]

一般而言，吾人為子女命名，常以含意是否優美深長為首要考量。據學者歸納，約有以下九項常見的命名指標：

(1) 求吉祥

為人父母最素樸的願望，莫過於為子女一生之平安順遂祈福祝禱，故以福、祿、壽、安、祥、吉、喜、康、豐、興等字命名，藉以求吉利豐盈、平安祥和、增福添壽之意。例如：家福、萬福、長壽、志祥、康永、順吉、大興、大豐等。

---

[3] 本小節參考張高評：〈命名取號之策略〉，《實用中文寫作學（續編）》，臺北：里仁書局，2006.7，頁91-96。

### (2) 明志趣

為人父母莫不希冀兒女成龍成鳳，於是在命名時常寄託各種理想抱負、人生追求。雖然這些希望常常是屬於父母的，而非兒女的。例如：希聖、希賢、學亮、學聖、國棟、國樑、國良、建國。

### (3) 重倫理

國人深受儒家文化薰染，以儒家學說思想之關鍵字為名者所在多有。例如：弘毅、懷德、俊德、建德、耀德、守仁、志仁、全忠、守中、仁貴。

### (4) 用五行

選取陰陽五行，相生相剋之原理命名。例如朱熹（火），父朱松（木）、兒子朱埜、朱塾（土），孫子朱鉅、朱鈞、朱鑑、朱鐸、朱銓（金），元孫朱淵、朱治、朱潛、朱濟、朱濬、朱澄（水）。由朱熹上下五代的姓名部首來看，呈現了木生火，火生土，土生金，金生水的五行相生關係。

### (5) 耀宗祖

期勉光宗耀祖、世代昌盛者。例如：興祖、達祖、顯祖、念祖、光祖、耀祖、紹祖、承宗、世宗、宗憲、耀昌、其昌。

### (6) 寄深情

寄情家國，或繫念親情、友情、愛情等等。以之命名，取永誌不忘之意。名字中代有「華」、「中」等字，明顯情寄中華，較易辨識。例如：念華。而以家鄉名入名字者，則不勝枚舉。例如：寄澎。比較特別的是下面這個例子：中國現代詩人、語言學

者、攝影理論家劉半農於倫敦求學期間，夫人朱惠產下龍鳳胎。劉氏爲紀念這段留英歲月，將「倫敦」兩字一拆爲二，兄取名「育倫」，妹取名「育敦」。

(7) 示恩愛

爲體現骨肉親情而取名，或各取夫妻名字之一爲名，或撮合夫妻姓氏爲名。

(8) 探典籍

徵引典籍中的佳言錦句，摘取關鍵字爲名，意義深長。例如：屈萬里，字翼鵬。典出《莊子・逍遙遊》：「大鵬搏扶搖而上九萬里，翼若垂天之雲。」「博濟」，典出《論語・雍也》：「博施於民，而能濟衆」。「德修」、「修德」，典出《論語・述而》：「子曰：『德之不修，學之不講，聞義不能徙，不善不能改，是吾憂也。』」

(9) 摘詩詞

與前者相近，所摘取的對象由典籍改爲詩詞等文學作品。意義深長之餘，常更富文學美感。例如「德馨」，典出劉禹錫〈陋室銘〉：「斯是陋室，唯吾德馨」。「雲漢」，典出李白〈月下獨酌〉：「永結無情遊，相期邈雲漢。」「浩然」，典出文天祥〈正氣歌〉：「天地有正氣，雜然賦流形。下則爲河岳，上則爲日星。于人曰浩然，沛乎塞蒼冥。」

第(8)與第(9)兩項指標皆由徵引典故來爲子女命名。藉由用典，名字得以和經典產生連結。這時名字就不僅僅是符號，而與悠長的歷史文化相接；不僅僅只有指稱的作用，而富涵文字背後

所蘊藏之深厚意義。家長自可由豐富多元的歷史典籍中，尋找最滿意的典故，並摘取恰當的關鍵字。

⑽ 連姓氏

吾人之姓氏承繼祖先而來，命名時不用勞神，僅需照顧一到兩個字的名即可。然而，姓氏亦常見一般意義，例如：錢、屈、顧、史、王、田、曲、高等姓，或作動詞、名詞、形容詞解等等，若能善加利用，姓與名充分結合發揮，更可添姓名之深意。例如：錢永裕、顧盼、屈可伸、史可法、曲柔、曲自立、田苗、高強。當然，不雅的諧音則應該避免。

依照以上指標所取之名，原應男女兩姓適用，無性別差異。然而遍覽女子姓名，似乎又有別於男子的一套命名指標。可舉五種如下：

⑴ 花卉型

以花卉之芳美，比德女性，因以為名。其中又以「梅、蘭、菊」為最常見。例如：春梅、冬梅、紅梅、玉蘭、秋蘭、雅蘭、秀蘭、蘭芳、春菊、秋菊、秀菊。其他例如：蓮、桂、蓉等字亦常見於女子名中。

⑵ 物候型

以風物節候之勝，即景命名。例如：春嬌、春滿、春美、麗秋、豔秋、惠秋、淑秋、碧霞、秋霞、玉霞、瑞霞、月霞、青霞等。

⑶ 愛美型

表現女子愛美之天性，又以「麗、秀、淑、珍」諸字最為

常見。例如：麗華、麗娟、麗君、麗雯、怡秀、秀玲、秀娟、秀慧、淑芬、淑娟、淑惠、淑婷、淑君、淑珍、佳珍、家珍、惠珍、慧珍、宜珍、怡珍等。其他如「鳳、美、婉、文」等字亦常見。

### (4) 性格型

突顯女子有別於男子的人格特質，因以為名。「貞、潔、靜、雅」諸字最為常見。例如淑貞、貞儀、慧貞、怡貞、怡潔、采潔、依潔、思潔、玉潔、靜宜、怡靜、靜雯、佳靜、靜芳、雅雯、雅婷、君雅、雅玲等。其他如「瓊、玉、瑤、珊」等字亦常見。

### (5) 中性型

現今社會，男女平等，本應無所謂「男子名」、「女子名」之鴻溝差異。故吾人亦常見中性甚至頗具陽剛性的女子名，頗能呼應時代脈動。例如：英文、秀柱、秋菫、慶安、岱樺、維剛、育敏。

生兒育女，人生大事。為子女取名，可說生養子嗣的首件吉事、喜事。或寄望長成人中龍鳳，抑或祈求終生富足安樂，要之，為人父母無不藉命名寄託期許、深情與祝福之意。

前文所列舉之諸多命名指標及姓名範例，部分可說常見，更有極少部分是臺語俗諺所謂的「菜市場名」。凡此種種，皆為國人取命時所習見之慣性思維，經由這種思路所取的名字，只能說「安全」（讓人知道這是個「人名」），但卻不夠特別、響亮。如此一來，不僅名字最基本的指稱功能不佳，也會造成名字所有

人自信心受到傷害，認為自己不是獨特的個體。為人父母希望子女日後如何在人前介紹自己的名字，其結果是讓人印象模糊或耳目一新，這似乎也可做為取名時的考量。當然，我們也必須強調，父母於名字給予再多的祝福，都比不上子女教育來得重要。

### 2 如何具備音韻美

　　試問，一般生活中「叫」他人的姓名多，還是「寫」其姓名多呢？答案是顯而易見的。我們常喚對方姓名，一次對話中總是叫上幾次，但我們卻不常把它寫下來。此外，凡當過兵的男孩子皆有半夜「站哨」的經驗，那麼一定不會忘記，當見到可疑人影時，必定要高喊「站住！口令！誰！」這當然是要對方高聲自報姓名。最後，「名」字從「夕」從「口」，亦即夜晚兩人相見，因光線不足而見不到彼此，只能互相通報姓名。僅僅從以上諸端可知，姓名「好聽」、「好叫」有多麼重要，那麼我們就不得不思考姓名的音韻問題。

　　漢語音韻是門專家之學，中文系學生常視為畏途，一般社會大眾更是鮮少接觸。以下先簡要說明現代國音的最基本觀念後，再提出幾個注意要點。

　　首先，漢字的讀音可分析為「聲」、「韻」、「調」三部分。以姓氏「黃」為例，「ㄏ」是聲母，「ㄨㄤˊ」是韻母。因為語音的高低、升降、長短，而有聲調的不同。「黃」是二聲，聲調共有四聲，分別是「慌、黃、謊、晃」，亦即「陰平、陽平、上聲、去聲」。再者，聲調又可分為「平聲」與「仄聲」。

陰平、陽平為平聲，上、去聲皆為仄聲。知道這些基本觀念後，以下提出注意要點：

(1) 平仄、**聲調協調**

若以平仄論之，取名時應避免全用平聲字或仄聲字。若以國音聲調論之，則應避免清一色用陰平或其他聲調。例如：汪鐘波、陳學祥、許統府、趙勵任等姓名，皆犯了聲調板滯、缺乏起伏的毛病。此外，兩個或三個上聲連讀，又涉及上聲變調的問題。即兩個上聲連讀時，前一個上聲會發生變調現象，變為比較接近陽平的聲調。例如「冷暖」、「手指」。三個上聲連讀時，前兩個字的變調情形又可再分為兩種。其一為「總統府」，其二為「紙老虎」。這些名字讀起來，總是不這麼悅耳，且又容易發生誤會。取名時應該避免。

名字最末字應避使用上聲字與入聲字。論者指出，上聲字發音較為費勁，入聲字則顯得短促收藏，都不適合作為名字最後一個字。反之，較為適合的是平聲字與去聲字，兩者皆較能傳遠。

(2) **避免雙聲、疊韻**

所謂的「雙聲」，指的是兩個字同聲母。「疊韻」，指的是兩個字同韻母。一般而言，名字最長不超過四個字，若其中發生雙聲或疊韻的現象，則讀起來會較為拗口。先論疊韻，例如中國籃球明星球員易建聯，「建」、「聯」兩字聲調雖然不同，但韻母同為「ㄧㄢ」，這就犯了疊韻的毛病。其他例如：王廣光、容頌鴻、吳慕輔等等名字，也有同樣的問題。再論雙聲，例如臺灣知名導演李烈，姓氏與單名之聲調雖然不同，但聲母同為

「ㄌ」，這就犯了雙聲的毛病。另外例如：江交通、秦清華、陳成功、張中山等名字，同樣是姓與名產生雙聲現象。最後，我們亦可見姓名中雙聲、疊韻兼有的現象，例如臺灣知名演員李立群，「李」、「立」兩字雙聲又疊韻。以上這些雙聲、疊韻的名字，讓讀者容易因為讀音相近的緣故而不慎唸錯，或有如繞口令般難讀，聽者也不易分辨清楚。取名時應謹慎避免之。

(3) 避免不雅諧音（附疊字）

眾所周知的是，漢字中同音字相當多。舉出數個形、義不同但字音相同的同音字，對一般人來說並非難事。若再加上僅聲調不同，聲母、韻母相同的字，那數量就更可觀了。這些音同、音近的字，正是諧音的來源。同音字的字義可能有著天壤之別，例如：史／屎、奮／糞、思／死，都是很常見的例子。若名字為：朱史、馬奮、鄧思，雖然在字義上並無不妥，但在字音上顯然存在著不雅諧音的問題。其他如王國君（亡國君）、卜世仁（不是人）、韋君智（偽君子）等例，初讀其名可能未察覺，但讀之再三就不難見出不雅諧音。類似例子可說不勝枚舉。這都是取名時應該避免的。話難如此，但不雅諧音可真是「防不勝防」。為人父母為子女取名時儘管再三思量，確定沒問題了才拍板定案。無奈孩子上學之後，被古靈精怪又創造力豐富的同學取了個不雅諧音的外號。這些諧音外號可能是當初取名時父母所未知，甚至是社會上未曾流行的詞彙。遇到這種情形，徒呼負負之餘，也只能對孩子們善加勸導了。

最後，附論一個與字音有關而應避免的問題——疊字。以疊

字爲名者其實並不少見，諸如中國藝人范冰冰、李冰冰（兩人爲本名），臺灣藝人白冰冰、澎恰恰（兩人爲藝名）。疊字名往往讓人聽起來親切、舒服，而且好聽、好叫、容易記，此即藝人以疊字爲藝名的緣故。然而，疊字名存在著某些問題。

疊字名雖有前述音響上的效果，但在字義上卻顯得貧乏。以前者「冰冰」疊字名爲例，兩個字所呈現的僅僅只是一個意思——「冰」。若能改爲「冰雪」、「冰潔」等，顯然在意義上更多豐富。此外，疊字名往往讓人有孩子氣的感覺。這在父母呼喚幼兒時，或是情侶夫妻相稱時，是絕對沒有問題的。但若是年逾古稀之後以疊字名行世，則就有點不適合了。

### 3 如何具備字形美

現代人爲子女取名，多著重含意是否優美深長。同時考慮字音與字義者較少，而進一步結合字形之美，綜合思考形、音、義三個要素的家長，那就更是鳳毛麟角了。

如何使名字能具備字形美，有以下幾點原則可供參考，同時也有些問題應該避免。分述如下：

#### (1) 應注意姓與名之筆畫搭配

爲了使姓名在視覺上有均衡、平穩的美感，我們應考慮姓與名的筆畫問題。姓氏筆畫較多者，如：龍、戴、錢、龔等，取名時應儘量以筆畫數相近字爲原則，並避免筆畫極少者。例如：「龔丁一」與「龔鵬程」相較，後者的視覺效果較爲平穩、均衡，前者則左右不均、左重右輕。反之，姓氏筆畫較少者，如：

丁、王、于等，取名時就應選筆畫相近字，並避免筆畫極多者。例如：「王日昌」與「王巍嶽」，在字義兩者皆佳的情形下，前者在字形均衡美感上較爲勝出。

### (2) 避免部件重複

讓我們以幾個姓氏爲例，來了解什麼叫「部件」。姓氏「張」，是由「弓」、「長」兩個部件組成的。姓氏「江」，是由「氵」與「工」兩個部件組成的。取名時，應避免部件重複。例如張強弦、張長黹、江海波、江全左等名字，因爲部件重複太多，予人單調、重複、少變化之負面感覺。

### (3) 避免用冷僻字、異體字

教育部於1982年交由正中書局印行之《常用國字標準字體表》，共收4808字。若扣除字義委靡、淺俗、衰敗，此類不太適合作爲名字的字，如「壞」、「亡」、「敗」等，餘者想必還有不少，應足夠爲人父母者好好推敲。若爲求獨一無二，而刻意選用常用字以外的字爲名，就顯得走火入魔。如「龘」、「龖」「龘」等，三字字義雖適合入名，亦皆爲正體字，但吾人卻鮮少用於日常生活。試想，名字是用來指稱、溝通，建立人際關係的工具。若名字裡盡是人所不識的罕用字，雖然不會與人重複，但卻常造成反效果。這些冷僻字筆畫又多繁複至極，遠遠望去猶如一團黑墨，實在不美觀。

此外，我們也應避免以異體字命名。所謂的「異體字」，指的是與所訂的正字相對的字體。包括俗體、古體、簡體、帖體等。古體、俗體、帖體等異體字各有其學術、藝術等價值，值得

好好保存研究，但卻不適合用在名字中。例如「梅」的異體字有「呆」、「楳」等，若以此二字為名，常見的女子名「春梅」將成為「春呆」、「春楳」，顯然會造成許多誤會。例如正體字「辭」，「辞」為其異體字。雖然「辞」字吾人於日常生活中經常使用，但畢竟在臺灣並非標準字體，仍不適合用於姓名中。其他如「体」、「风」等字亦然。

　　總之，以冷僻字、異體字為名，輕者常會發生讀錯音、寫錯字、不易記住等等問題。嚴重者則可能因為文書處理的錯誤，造成考試、謀職、晉升、認證時的困擾。由此看來，實在不得不慎。

## 五 取店號名

　　創業當老闆，是許多人的夢想。舉凡商品、資本、店面（實體、網路）、創業夥伴等，當然是幾項最重要的關鍵要素。若能再加上一個好聽、好記、響亮、招財的名號，「吸睛」指數大增，人潮帶來錢潮，點閱帶來商機，生意自然達三江、通四海。

　　取店號名的方法與取兒女名類似，同樣可分為「姓名學命名法」與「文學命名法」兩種。各種原則相近，讀者可觸類旁通，靈活運用。就所蒐集到的店名觀察，以利用諧音、同音字稍作變化，配合店家商品來命名者最多，其中不乏創意十足，令人耳目一新、印象深刻者。以下提供創意的命名範例。讀者可稍加變化組合、腦力激盪，依據個別需求尋找創意店名。

## ㈠ 餐飲店

　　好初、每日起點、甜在心（早餐店）、台雞店、日理萬雞、啃他雞、鴨寨夫人（烤雞烤鴨店）、愛玉之夢遊仙草、加血站、井茶來了（飲料店）、麵麵粥道、狗屎麵、傻瓜麵、天天見麵（麵店）、無餓不坐、飯醉集團、補食班、溫＋飽、食拿酒穩、口叩品（其他綜合）。

## ㈡ 美容理髮

　　玩髮、亂剪、非髮走絲、今日說髮、最高髮院（理髮店）、甲戲真做（美甲店）。

## ㈢ 服飾店

　　衣衣布舍、破爛衣櫥、美飾找飾。

## ㈣ 書店名

　　公共冊所、好讀、販讀。

## ㈤ 其他行業創意店名

　　控八控控（中醫診所）、由申甲（文具店）、謝藥局（藥行）、研究鎖（鎖行）。

　　以上這些例子，常會讓顧客會心一笑，達到店家預期的宣傳效果。但是也必須指出，若聰明反被聰明誤，拿低俗當有趣，不僅沒有宣傳效果，反而徒增負面印象。例如：「你好飯濺」、「叫雞專線」等餐飲店名，雖然從名字不難得知其所販賣的商品

為何。但店名卻在諧音、意義雙關間大作文章，拿低俗、不雅當創意。這樣的「創意」，就不要也罷了。

## 六 結語

　　本文從五種情境說明命名取號的原則，分別是：取寵物名、取網路暱稱、取英文名、取兒女名、取店號名。隨著科技發展，生活日新月異，真不知道未來還會有什麼需要人們取名的情境，本文也就無法包山包海的全數介紹說明。雖然如此，總有萬變不離其宗的基本原則可供依循。首先，任何名字都應求獨一無二、舉世無雙。若實在無法做到，退而求其次也應求特殊。若名字屢屢與他人重複，成為所謂的「菜市場名」，顯然不宜。再者，名字應該富含美感、含意深長。否則，至少要做到避免不雅粗俗。把握這兩個原則，讀者們也可以自己命名取號了。

## 七 習題

(一)請說明以下諸姓名何以違反「音韻美」的要求？

　　江交通、秦清華、陳成功、張中山、韋君智、卜世仁。

(二)請說明以下諸姓名何以違反「字形美」的要求？

　　龔丁一、王巍嶽、江海波、張強弦。

(三)請說明若以下列英文單字為英文名，何以不適當？

Funny、Clinton、Apple、Shark。

(四)試舉例說明符合命名原則，且令人印象深刻的好命名。

## 八 延伸閱讀

(一)白靈：《一首詩的誕生》，台北：九歌出版社，1996。

(二)盧清和：《最新64數姓名學》，台北：武陵出版有限公司，1993。

(三)楊仁祺：《嬰兒命名秘訣》，台南：大孚書局，1996。

(四)楊純鑑：《命名寶鑑》，台中：瑞成書局，2003。

(五)王泉根：《中國姓氏的文化解析》，北京：團結出版社，2000。

(六)何曉明：《姓名與中國文化》，北京：人民出版社，2001。

(七)王大良：《姓氏探源與取名藝術》，北京：氣象出版社，2002。

(八)高宣揚、許敦煌：《英文姓名寶鑑》，台北：書林出版有限公司，1992。

(九)廖慶洲：《取好洋名，行遍天下》，台北：風和出版有限公司，1999。

(十)Bruce Lansky & Barry Sinrod著，李金蓉譯：《英文命名DIY》（男子篇、女子篇），台北：語言工場，2004。

(土)張高評：〈命名取號之策略〉，《實用中文寫作學（續編）》，台北：里仁書局，2006，頁85-118。

# ─ 「閱讀心得」的意義

　　什麼是「閱讀」？閱讀這個活動只限於書本嗎？有沒有其他的選擇？廣義而言「閱」就是「觀」、「看」；「讀」則包含了「看」還有「說」及「專研」。「閱」與「讀」拆開來理解時，我們可以有很大的理解空間，例如：參閱、閱覽、閱歷；讀書、朗讀、就讀。因此，本章節並不局限於文學作品的閱讀，而是擴及影片、演講、藝術等，包含使用文字、語言、影像、音樂或圖畫做為表達媒材的有意涵、有結構的作品。至於「心得」又是什麼？簡單而言，即是內心有所得；但什麼是「心」？而且究竟「得」到了什麼？這又是值得一探的問題。閱讀同一篇文章、聆聽同一場演講、欣賞同一首音樂或觀賞同一件畫作，每個人都會有相同的心得嗎？這涉及到當事人的生活背景、學識經驗、個人興趣及當時的專注力等複雜條件，以致每個人的理解與感受自然充滿著多元性。

　　然而最重要的是，我們在閱讀的過程中發生了什麼事？有時「看到」並不等於「觀察到」；「觀察到」又不等於「感受到」。在生活中我們經常視而不見，看書時眼球迅速掃過文字，卻不見得感受到作者的情意；與人說話時沒用心體會對方的語意，導致無法同理他人的想法；看電影時沉浸在聲光效果中，因而忽略情節的細膩之處；旅遊時總在景點拍照留念，沿途風光遂成了迅速消失的背景。殊不知生活的美好不在於擁有的「數量」，而是能夠深入心靈的「質感」。要能先懂得觀察人、事、物的細節，才可能獲得內心的感受；感受是心得的源泉，是讓自

己與眾不同的祕訣。

有了感受，才能生發與人分享的動力；但擁有想要與人分享心得的動力，仍需要有效的表達方式，才能真正與他人產生生命的連結。因此，「閱讀心得」必須要有明確的主旨、條理的段落，最重要的是如何具備感人的力量，使讀者產生共鳴；若不能打動讀者的心，不但失去了分享的效果，自己也會因而感到沮喪。所以學習「閱讀心得」的寫作，並不只是學會一種應用文的形式，更是培養生活中如何與人分享、如何搭建人際溝通的一種能力。

最後廣義的為「閱讀心得」下一個定義，所謂「閱讀心得」就是：把生活中讀書、聽演講、看影片、欣賞藝術作品時的所見所感，透過有效的分析，歸納出明確的意旨，再經由條理的段落結構，以流暢的敘述充分表達自己心之所得的寫作方式；目的在於與他人發生情感的交流，並建立良好的分享模式。本章節所討論的「閱讀對象」並不僅限於「文學作品」，而是從廣義的角度提供生活中所看到、聽到、感受到的各種事件。因而本章節中若針對特定「閱讀對象」予以舉例說明時，會清楚的指出「文學作品」、「影片」、「演講」或「藝術作品」；此外凡是廣泛地說明「閱讀對象」時，則統一使用「作品」作為代稱。

## ● 學習目標

閱讀心得雖然可以透過「對談」的方式直接與他人分享，但本章節主要針對「寫作」的方式予以說明。與人面對面分享心得的

情境會受到交流過程的影響，在跳躍性的聯想下激發出廣而雜的對談內容，但卻只限於參與者能夠相互理解；至於運用文字的心得書寫，則是一種自我對話的過程，除了能夠專注於自己的所思所感，更能將混亂的覺知透過文字整理成有邏輯、具深省的意識。

列為應用文習作的一個章節，閱讀心得主要的學習目標還是放在具體的寫作步驟。先透過容易理解的活動及案例，引導學習者按部就班的仿作書寫格式，等學習者熟悉寫作方式後，再激發其寫作動機，鼓勵發揮創意，追求個人與眾不同的、具有動人力量的心得寫作。

## ● 閱讀心得撰寫原則

閱讀心得有所謂的標準解讀嗎？作者到底要從作品中表達什麼意義呢？這是許多初學者最常提到的問題。其實「作者」創作「作品」，和「讀者」閱讀「作品」，是兩種不同的運作模式。作者將他生活中的所見所感轉化為作品時，是使用他自己熟悉的「符號」進行創作；而讀者閱讀作品時，則透過他的生活經驗，來理解作品中的「符號」。

當作者完成作品後，讀者只能透過作品中所傳遞的線索來理解作品「符號」的意義，例如電影《少年pi的奇幻漂流》中，以「斑馬」隱喻一名「水手」，但為什麼要如此安排呢？電影只有影像的呈現，並沒有多餘的解釋，因此讀者必須從人物的形象和情節的鋪陳來掌握兩者的關聯，並且要發揮個人的想像力，理解「斑馬」與「水手」之間的寓意。

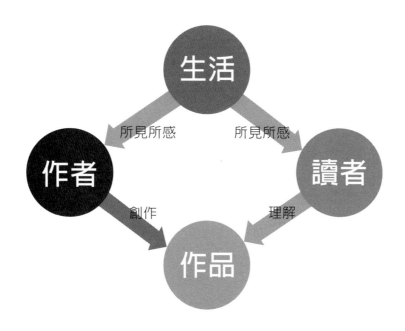

　　每個人閱讀同一篇作品時，不見得具有相同的「理解」，因此所體會的意涵便呈現繽紛多元的面貌。所謂的「理解」是指讀者閱讀作品時，結合自己生命經驗中的認知，所提出的解釋；這不但是一種主動建構意義的歷程，更是讀者的一種「自我發現」。以下試舉一則故事，說明為什麼閱讀是一種「自我發現」：

　　一個人在高山之巔的鷹巢裡，抓到了一隻幼鷹，他把幼鷹帶回家，養在雞籠裡。這隻幼鷹和雞一起啄食、嬉鬧和休息。牠以為自己是一隻雞。這隻鷹漸漸長大，羽翼豐滿了，主人想把牠訓練成獵鷹，可是由於終日和雞混在一起，牠已經變得和雞完全一

樣，根本沒有飛的願望了。主人試了各種辦法，都毫無效果，最後把牠帶到山頂上，一把將牠扔了出去。這隻鷹像塊石頭似的，直掉下去，慌亂之中牠拚命地撲打翅膀，就這樣，牠終於飛了起來！

在這則寓言故事裡，讀者必須結合個人的體會來理解故事的寓意。如果要為這則故事命題，該取什麼題目呢？這便涉及到讀者在故事中「看」到了什麼？試以「相信自己是一隻雄鷹」為題，可能顯示出讀者在故事中領會到了「自我期許」的重要；若以「激發自己的潛能」為題，或許表示讀者相信每個人都有值得開發的潛在能力；要是以「環境對人的影響」為題，是否反映出採取這種詮釋的讀者比較在意處境的問題？

作品有如一面「鏡子」，映照出讀者的背景、個性、知識、素養等複雜的因素；閱讀則如「精神的糧食」，經由理解的過程消化吸收後，與原有的生命經歷交融，進而提升個人的心靈層次；心得即為「產出的能力」，將閱讀作品後的感受，透過邏輯的、獨特的、流暢的文字敘述傳達出來。

換言之，閱讀的行為並不僅是「單行道」，當讀者主動理解作品後，會受到作品的意涵影響，潛移默化地改變生活的觀察及態度。消極而言，是一種自我的探索、成長；積極來看，則能與他人發生情感的交流，並建立良好的分享模式。

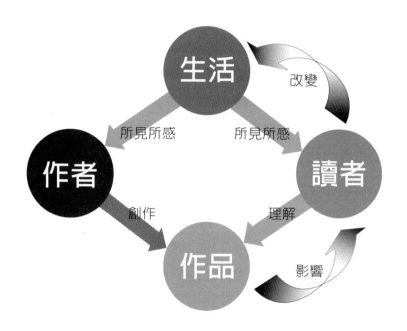

　　因此閱讀心得不是制式化的格式書寫，更不是只為了解作者的作品，而是在閱讀的行為中與作品（者）產生心靈的對話，提升理解外界的訊息與探索自我內在的能力，並且培養文字表述技巧以達到有效人際溝通的目的。故而千萬別再認為閱讀心得有所謂的標準解讀，因為閱讀心得寫作的原則是為了幫助讀者提升理解能力，從而使自己的心靈更為豐足。

### 四 閱讀心得撰寫重點

　　「閱讀心得」與「雜感」不同。「雜感」大多由一個「點」引發出個人感觸，可能是書裡的一段話、演講者的一個觀念、影片中的一段情節或生活中的一件小事，然後引申出作者個

人的某些觀念或感想，因此聯想性較強、想像力較廣、抒情性較高，較屬隨性運筆的文類。閱讀心得至少必須摘要出「作品」的內容、提出呼應或評論、加入個人的經歷，最後還得總結出體會或省思。

　　換言之，撰寫「閱讀心得」時，應該要注意以下九項寫作重點：一、能於閱讀過程中，「理解」作品的意涵或寓意；二、能「彙整」作品具備哪些值得討論的議題；三、能於閱讀後，「摘要」出作品的整體與主要內容；四、能「建構」閱讀心得的段落結構；五、能適當「選材」鋪陳閱讀心得；六、能對作品進行「評論」；七、能提出個人「感觸」使作品與自己的生命產生連結；八、能發揮「創意」建立個人獨特的思維；九、能再三「潤句」以確保詞意清楚、敘述流暢。

| 理 解 | ・理解文本的意涵 |
| 彙 整 | ・歸納討論的議題 |
| 摘 要 | ・摘錄文體的內容 |
| 建 構 | ・構思段落的結構 |
| 選 材 | ・慎選寫作的材料 |
| 評 論 | ・評價文本的內容 |

| 感　觸 | ・連結自己和文本 |
|---|---|
| 創　意 | ・建立獨特的思維 |
| 潤　句 | ・確保詞意的表達 |

## 五 閱讀心得撰寫結構

　　一篇閱讀心得大約以一千五百字左右為宜，如何在這有限的字數中，充分表達出作品內容與個人心得，並且還要能兼具完美的比例，實與段落的安排有極大的關聯。大體而言，閱讀心得的撰寫仍可依循「起、承、轉、合」的結構邏輯進行鋪陳。「閱讀心得」最重要的部分即是切合作品的意旨、由作品出發，因此與作品相關的敘述，至少需占心得篇幅的一半。依上述原則最適合撰述與作品內容密切相關的段落，應為「起」與「承」的部分；至於「轉」與「合」則適合描述從閱讀中聯想到的個人經歷與閱讀後的體會。

### (一) 作品摘要

　　在「起頭」的部分，主要介紹、說明作品的內容，但由於必須在一個段落中完成，「摘要」的功夫就顯得格外重要。以「書籍」的閱讀心得為例、一千五百字的篇幅為限，在起首的段落，得在四百字以內的篇幅中，簡要地將作者、書（篇）名和作品內

容，周全地交代清楚，並不是件容易的事，因此「理解」作品的意涵和「彙整」作品值得討論的議題，就成為寫作前非常重要的基本能力。一旦經過充分理解作品意涵，且能掌握切入心得寫作的探討核心後，才可能開始執筆撰寫第一個段落。

　　以朱自清的〈背影〉為例，這篇文章固然在寫「父子之情」，但「父子之情」只是泛論，若要讓心得表達得更為深刻，則需要再仔細理解文章裡的細節，彙整出其中值得討論的議題。例如：從「朱自清的父親如何表達對孩子的關愛」來看，可以討論傳統父愛為什麼總是從物質的層面來表達；就「朱自清父親的四種背影」而言，可以分析朱自清如何逐步感受到父愛的過程；自「朱自清的三度落淚」觀察，可以探討作者內心三種對於父親的感懷。一旦決定了心得的核心意旨，在「摘要」的部分，便可以針對所要探討的方向，予以節錄書寫，才不至於寫出鬆散的內容。總之，在撰寫「摘要」前，得先經由「理解」和「彙整」作品內容的過程，決定出明確的寫作方向，據此揀選題材，才能避免繁雜失焦的缺失。

㈡ 作品延伸

　　緊接著要考量的是：如何「承續」第一段落的內容。文章最忌諱的是段落之間缺乏延續性，每個段落之間固然各有意旨，但如何巧妙的製造關聯，便涉及到撰文前是否能縝密思考全文的結構。在「彙整」作品值得討論的議題，確定心得寫作的「核心意旨」後，應依照核心意旨篩選出適合寫作的材料，切勿為了全都顧及，導致心得浮泛、焦點模糊。然後根據所選的材料，仔細閱讀理解，再提出個人的引申說明。

　　若以「朱自清的父親如何表達對孩子的關愛」為例，可以先從文章中挑選出三件事，再將這三件事經由「理解」提出個人的「引申說明」：

| 作品內容 | 引申說明 |
| --- | --- |
| 朱自清要搭車前往北京時，父親因為事忙，本已叫旅館裡一個熟識的茶房陪同，並再三囑咐。但終究怕茶房不妥貼，最後決定還是自己送行。 | 1. 父母親對孩子的關愛，不會因為孩子的年紀而有所改變。<br>2. 關於孩子的事，必親力親為，不放心交由他人。 |

| 作品內容 | 引申說明 |
|---|---|
| 父親親自送朱自清來到車站，並前後為他張羅了六件事：<br>1. 忙著照看行李。<br>2. 忙著和扛行李的腳伕講價錢。<br>3. 終於講定了價錢，還送他上車。<br>4. 上車後為朱自清選了一張靠車門的椅子。<br>5. 叮囑朱自清路上小心，夜裡要警醒些，不要受涼。<br>6. 再度囑託茶房好好照應朱自清。 | 1. 父母親對孩子的關照無微不至，因為擔心孩子處事不周，所以老是為孩子承擔事務。<br>2. 父親殷勤叮囑的關懷之情，對照朱自清年輕氣盛、自以為是的態度。一方面突顯出傳統的父親只懂得以日常生活瑣事的關照，表達關心，拙於與孩子溝通心意；一方面作者描寫自己冷眼旁觀、冷嘲熱諷的態度，有意以負面的形象，自責年少無知，不知體恤父親的情意。 |
| 在等待火車出發前，父親看到月台柵欄外有賣橘子的攤商，不顧及月台與鐵道的阻礙，肥胖的身軀在其中蹣跚地攀爬躍落，有些狼狽地捧抱著橘子回到車上後，卻仍呈現出輕鬆的神情與他道別。 | 1. 這是作品最重要的段落，父親為作者買橘的背影，觸動了他冷漠的心，因而深自反省。<br>2. 傳統的父親雖不擅於以言語表達對孩子的關懷，卻能不顧自身不便，在行動上盡力而為。<br>3. 不求回報的愛，最能打動人的內心。父親蹣跚地為作者買橘子後，仍表現出一副不在意的神情，令作者深自懺悔，由衷感念父親對他的關愛。 |

　　根據表格中的引申說明，以四百字左右的篇幅，流暢地重新敘述，即能完成切合作品、意旨明確的「承續」段落。

## (三) 閱讀感觸

　　閱讀心得的寫作固然需要與所閱讀的作品密切相關，但若僅陳述作品內容，就只是一篇作品介紹，而非「心得」。因此當「作品摘要」與「作品引申」都已完成，緊接著便需加入個人在閱讀過程中，聯想到的個人生命經歷，這即屬「轉折」的部分。這方面的撰寫可以從自己的立場對作品提出評價，或聯繫相關的作品與之進行比較，或舉出自己經驗中與作品描繪的情境相似的事件。然而這種提出個人觀點的思考，或許是一般讀者感到最困難的部分吧！

　　廖玉蕙在課堂上和學生談國中課本上〈王冕的少年時代〉時，曾有一名學生激憤、負氣地說：「王冕的少年時代干我甚麼事？我自己的人生都搞不定了！我管古人王冕幹甚麼！」（《文學盛筵‧少年王冕如何布局他的人生》，天下，2012，頁74）這位學生的困惑，很可能也是大部分人心中的疑惑：「作者與作品和我有什麼關係呢？我實在想不出和作品有什麼相關性的經歷啊！」然而會有這種疑問，會不會是我們習慣記誦教科書上的答案，忽略了培養理解與評論的能力？

　　就讓我們從文章的細節中，仔細「理解（同理）」朱自清的言行，有哪些與我們相關的生命經歷，然後試著對這些言行提出反省式的「評論」吧！

1. 你覺得朱自清對於「父親」的期待是什麼呢？你自己期待中的「父親」形象又是如何呢？你認為朱自清為什麼總以嘲笑和藐視的態度對待他的父親呢？你有過類似的經驗嗎？如果有，你當時做了什麼反應呢？如果沒有，那又是什麼原因使你與朱自清不同呢？

2. 朱自清的父親不放心他自己一個人從南京搭車到北京，不但親自送行，還幫他處理一大堆瑣碎的事、叮囑他一些生活小細節。當時的朱自清已經二十歲了，所以對於父親的作為相當不耐煩。你有過類似的經驗嗎？你的長輩是否在生活中也經常對你叮唸，或干涉你的生活習慣？例如在學業、交友、隱私等方面。如果有，你做了什麼反應呢？如果沒有，又是什麼原因讓你與長輩相處融洽呢？

3. 在生活中，你是否曾仔細觀察過父母和長輩的背影？例如煮飯洗碗的背影、洗衣拖地的背影、騎車或開車的背影、為你買東西而排隊的背影、為了接送你而在路旁等待的背影；或者生氣的背影、逃避責任的背影、犯錯的背影、承擔壓力的背影、無奈的背影等。你了解他們當時的心情嗎？你當時的心情又是如何？

4. 朱自清與他的父親都是不擅於以語言和肢體表達情感的人，你自己和家人的相處方式又是什麼樣的情形呢？如果你和朱

自清一樣，你能了解他的心情嗎？如果不一樣，你和家人的關係又是如何培養的呢？

　　「閱讀」能幫助我們思索平日習慣而未能覺察的言行，如果我們能仔細閱讀每一部作品，試著「理解」作品中的細節，便會發現作者的經歷與我們如此相近；試著對作品提出「評論」時，也能更加了解自己。無論作者的經驗與我們相似或不同，經由「心得寫作」，能沉澱我們的心思，活化我們的感受力，從而觸動內心，覺察到外在事物原來與自己息息相關。

### ㈣ 閱讀體會

　　使閱讀心得具備感人力量或深刻見解的部分，是讀者能從作品的閱讀與理解中提出新的觀念或有意義的問題，這即是所謂的「得」，源自於自己「內心」的「所得、所感」。既然是「自己的所得、所感」，即為獨特的、與眾不同的撰述，因此一篇好的閱讀心得若能在這樣的基礎上，幫助自己突破過往的慣性思維，激發自己對世界的好奇，就能培養出創意能力。總之，閱讀心得的寫作，不僅為了增加讀者的閱讀廣度，更希望能幫助讀者受到作品意涵的影響，潛移默化地改變生活的態度及感觸。

　　最後，讓我們為朱自清〈背影〉提出一些具有獨特性、啟發性的體會思考吧！例如：

1. 想想自己曾與親人發生過何種衝突或誤會，如果我們靜下心來、不受情緒影響，試著用「心」去體察，在這件事情中彼此哪個環節沒有處理好？未來若再發生類似的事，如何能避免重蹈覆轍？

2. 想想親人曾為我們做過什麼？告訴過我們什麼？有沒有值得我們學習、省思的地方？

3. 想想長輩和我們的成長環境有什麼差別？是什麼原因讓彼此的價值觀和處事態度不同？如何才能讓彼此相互了解、尊重？

4. 想想如何拉近人我之間的距離？日常生活中如何透過語言、態度和行為，適當地表達情感，提升人際關係？

　　閱讀心得的寫作可以說是一種建構個人思想體系的便捷之道，我們可以透過各種作品的閱讀，培養出多元解讀和思考的能力，進而提升我們多元情感的表達。「作品」是幫助我們探觸世界的橋樑，無論是閱讀一本書、聆聽一場演講、觀賞一部影片、欣賞一幅畫作，只要能經由心得的寫作，便能逐步地幫助我們拓展對世界的認知，提升生命的視野、得到心靈的富足。

## 六　範例說明

　　本章節雖然以「起、承、轉、合」的方式，說明閱讀心得的撰寫結構，但並不表示閱讀心得一定得遵守這種規範。「起、

承、轉、合」只是一種適合初學者遵循模仿的範例，以明確的方式、具體的指引，協助讀者按部就班的逐段完成。換言之，「起、承、轉、合」的確提供了撰寫閱讀心得的周全方式，但心得寫作強調的既然是獨特與創意，讀者若能以融通的方式，掌握「摘要（介紹）作品內容」、「延伸作品意涵」、「連結個人經歷」和「提出獨特見解」的原則，即能自由地撰寫出具有個人風格的閱讀心得。以下舉出二篇範例，並逐段提出說明。

㈠ 書籍心得

## 我的父母我的家
### ——《溫泉洗去我們的憂傷：追憶逝水空間》閱讀心得

說明：閱讀心得若能定出「題目」，能使心得內容具有明確的意旨。「題目」，字體應比正文大，建議使用16號字體，「副標題」宜比「題目」小一些，建議使用14號字體。

作者：郝譽翔
出版社：九歌出版社有限公司
出版日期：2011年4月

說明：撰寫閱讀心得時，宜註明作者、出版社及出版日期，文字建議使用10號字體與不同的字型，與正文有所區別。

　　對於父母親，我總有一種既愛又無奈的心情，因為有許多觀念與他們不同，卻又基於不敢違逆的情態下，感到為難與憂懣。

翻開郝譽翔的作品，我看到了相似的壓抑，但慶幸自己沒有她那般坎坷的遭遇。

說明：第一段，由讀者個人的生命經歷與作者的遭遇連結，表明此篇心得的寫作動機。

　　郝譽翔在書中毫不隱諱地披露父親如何拋妻棄女，如何一次又一次的結婚又離婚，如何從一名退伍的軍醫落魄地淪至「精割包皮、專治菜花」的處境，如何在年逾八十後潦倒地自殺身亡。對於父親自私地沉溺於愛情的風花雪月，無顧母親和孩子們生活的困苦，作者一件件地刻劃細數；至於母親可憐的遭遇，她除了以悲憫的筆觸娓娓敘述，卻也隱藏不了批判性的語氣，諷訴那因迫於窮困而一輩子鑽營於金錢的酸腐行徑。文章裡說道：「（母親）用賺錢來遺忘悲傷，賺錢成了解憂忘愁的萬靈藥。」

　　書中不只述說著父親的不是、母親的無奈，還兼雜描繪許多房客悲慘的故事。作者的母親一度靠著炒作房產賺取微薄的差價，還曾以薄木板將一間公寓分隔成十個房間，分租給許多房客。在這樣的公寓裡，沒有通風採光，暗黑的屋子裡終年累積著泥土潮濕的味道。其中一戶房客的孩子K是一個自閉兒，K的母親對於自己的孩子為什麼會有這樣的問題得出了一個結論，她說：「這都是業。」她對作者的母親說：因為彼此都是苦命的女人，所以能夠懂得。這個故事很短、很不起眼，但卻引起了我的注意，並且感悟良深。

說明：以上兩段先從「整體」摘要出書中描繪的主軸：作者父親
　　　的自私與母親的無奈；接著先敘述作者的母親為了賺錢而
　　　分租公寓，再「聚焦」於其中一名房客k的故事。目的在
　　　於引發出讀者個人的生命故事。


　　我的母親，也常用「業」來解釋她一生的遭遇！

說明：以單獨一行的方式，強調閱讀中由作品引發而出的生命連
　　　結，並突顯讀者在本篇心得中所要陳述的重點。此外還有
　　　「區別」的作用，顯示從這一行以下，是讀者個人的故
　　　事。


　　　母親對於自己盡了力卻不能如願的事，總會以「因果」的觀
念來安撫自己。她修佛不為別的，就為求得解脫。她常對我說：
「人生這麼苦，我不要再來輪迴了。」父親在創業時期，她不但
得操持家務，還得職掌公司會計、烹煮十來個員工的飯食，但處
於重男輕女的夫家，身為長媳卻沒為家族孕育男孫的母親，並沒
有得到爺爺奶奶的包容和體諒。妹妹出生後，她在坐月子期間還
得自己照顧孩子，她感到委屈，可是沒有娘家可以依靠訴苦，因
為她的母親早逝，而後母也從未給她關愛。父親一心拓展事業，
母親愈來愈覺孤單，逐漸朝向宗教尋求慰藉。母親愈來愈相信她
此生是來「還債」的，她誦佛唸經茹素，人生道路與父親愈來愈
遠；父親則始終在工作中尋求生命的意義，除了工作，他不知還

有什麼方式度過人生的歲月，所以至今已年逾七十，還沒能從職場退休。

　　我的父母成長於物質與精神層次皆極度貧乏的七〇年代，所以他們陷在傳統的思維裡，一個以事業的成就來定義自己，一個以因果宿命來理解自己。我很怕回家，卻又很憐惜他們。每次回家，總是坐在逆光的客廳中，默默地陪他們看著喧鬧的電視。當螢幕中出現各種災難畫面時，母親便開始宣講果報，要我吃素，因為世界末日要來臨了；當螢幕出現3C產品，父親便開始講述他在公司所操作的工業繪圖軟體，完全不考慮我對電機工程的陌生；我曾試圖分享閱讀、閒聊社會新聞，但母親一樣會將結論引至因果報應，父親繼續相談我完全聽不懂的機械操作。誰都走不進彼此的世界，我們三人有如戴上遮罩的賽馬，只看得到自己的方向。令我為難的是，我不夠勇敢，不能以一個擁抱、一句我愛你，化解我們的距離。我竟只能一再地以無聲的方式聆聽他們的話語，以柔順的表面讓他們相信「他們對我表達關愛的方式」就是我所需要的。

說明：以上兩段是讀者自述父母親的過往歲月，以及他和父母之間雖彼此關心卻又疏離的感受。因為閱讀（分享）了作者悲涼的生命故事，使他有機會將自己深沉的遺憾藉由文字抒發出來。

　　讀著郝譽翔的憂傷，我也在追憶自己幼時與父母相處的種

種時光。許多我驚喜、惶惑、悲傷的時刻，父母都沒能與我分享；而我在父母心中大概始終也只是一個孩子，沒有參與家務的能力。郝譽翔以這本書告別童年的憂傷，我卻似乎一直走不出陰霾，既不能無視父母逐漸老邁的隱憂，又無力轉變他們的生活方式，只能悲憫地看著他們在那冷清寂寥的屋子裡，任悠悠時光朝淒暮涼地捲走殘留的歲月。

　　我並不覺得人生是苦的，儘管自己的人生並非一帆風順，但正因為在逆境中才領會了許多生命的風景，因為有挫折才學會更多應對的能力。父母以他們的步伐走出一條安然處事之道，我也一路碰撞地滾出屬於自己的人生之途，雖難以真正分享彼此的旅途風光，但在讀了郝譽翔的書後，稍微緩釋了心中的遺憾：並不是每個家庭都如教科書上所宣揚般的溫馨和樂，每個家都有自己的故事，每個故事都有高低起伏。只要有能力握住敘寫家庭藍圖的筆，就有改變的可能。溫泉洗去郝譽翔的憂傷，她的故事也淨化了我心裡的遺憾。

說明：最後兩段回應了郝譽翔的作品，使閱讀心得不至於流於讀
　　　者自己的抒發。尤其能藉由閱讀的力量，淨化心中的遺
　　　憾，使末段具有上揚的尾韻，故雖悲傷卻涵容了改變的可
　　　能。

(二) 電影

## 誰操縱了我的選擇
### ——《歡樂谷》（Pleasantville）觀賞心得

說明：電影畢竟是以「觀賞」的方式進行，故在撰寫心得時，不妨改為「觀賞心得」。

導演：Gary Ross
發行：華納兄弟影業
出版日期：2011年2月

　　歡樂谷（Pleasantville），雖然是1998年所上映的電影，但劇情中所呈現的意涵時至今日，仍值得再三省思。內容描述一對個性迥異的兄妹，在因緣際會下進入一齣黑白電視劇的世界裡，在這個世界中只有歡樂，人人活在幸福當中，安分守己，社會十分和諧。身處單親家庭的兄妹對於這個世界有極端不同的感受，缺乏自信、渴望溫馨家庭的大衛（哥哥），十分嚮往這裡的生活，大膽熱情的珍妮佛（妹妹），卻受不了這裡無趣呆板的日子。這個沒有災難、暴力、性愛和書籍的五〇年代黑白電視劇的世界，慢慢地受到大衛和珍妮佛的影響，物件一個個地出現顏色，甚至連人物也逐漸變為彩色，於是人與人之間觀點發生歧異，暴力於焉出現。最後劇情在法庭的一場爭辯中，堅持維護歡樂谷原本價值觀的市長，也因為受到大衛一番由衷的激辯所影響，壓抑不了心中的憤怒，成為歡樂谷中最後一個改變顏色的

人。

說明：以介紹劇情的方式，簡要地陳述電影的情節，即使沒有看過電影的人，也能藉由這一段的說明，概要地掌握故事內容。

　　歡樂谷是一座小鎮，道路的終點就是起點，住在裡面的人以為世界只有這麼大，每個人謹守本分，愉快的、毫無質疑的、歡樂的相處在一起。直到大衛和珍妮佛帶來了影響，動搖了他們原本的信念，歡樂的表象因而逐漸瓦解。一心維持歡樂谷生活秩序的大衛，對於妹妹大膽地將性愛帶進歡樂谷的行為非常生氣，但他卻沒發現自己也在無意中把自由與權利的觀念反應在人際互動中，逐漸地改變了人們的思想。因而當顏色維持黑白的人開始攻擊身體變成彩色的人，並強迫他們必須遵守歡樂谷原有的規則，不准發生性愛關係、不准閱讀書籍、不准販售顏料、不准聆聽流行音樂等。有趣的是堅持擁護歡樂谷價值的人，多屬男性、年長者和有權力者；而因為觀念改變而成為彩色的人，則多為女性、年輕人和喜好新知的人。這種情節安排使我想到了柏拉圖在《理想國》中所寫的「洞穴之喻」。

說明：此段延續第一段的劇情介紹，但已將敘述對象聚焦於「人物」身上，彙整出故事中人與人之間因價值觀不同所造成對立關係，以連結到讀者自己經歷中曾閱讀過的哲學故事。

　　「洞穴之喻」描述一群囚徒從小就住在洞穴裡，頭頸和腿腳都綁著，只能看著洞穴壁面，將投射在牆壁上的影子當成世界的實體，並以敏於辨別影像的慣常次序而得到獎勵。有天，一名囚徒被解除了桎梏，離開洞穴看到眞實世界後，才發現他過去慣常看到的影子全然虛假。如果他回到洞穴拯救同伴，他能說服同伴洞穴中的影像是虛假的，並帶他們走入眞實世界中嗎？這則寓言傳達出人們難以跳脫窠臼的習性，理所當然的接受自小所受的教導，缺乏好奇與質疑的能力。《歡樂谷》中的人就像是洞穴裡的囚徒，從不懷疑自己身處的世界、遵守權力者指引的規範，一旦有人挑戰了他們篤信的生活方式與價值觀，便以權力施壓，強迫他人不能改變。

說明：簡述經歷中曾閱讀過的哲學故事，增加思辨性，使心得的
　　　　闡述更爲深刻。


　　當我們在觀看影片時，輕鬆的坐在椅子上，吃著爆米花、喝著可口可樂，嘲笑歡樂谷中的人眼界狹小，以爲道路的盡頭就是開頭時，我們的世界觀又有比他們廣闊嗎？地球是圓的，從任何一個地方出發，繞了一圈仍舊回到原處，我們不也像井底之蛙，滿足於自己的世界觀嗎？這部影片讓我省思到平日的舊習性：不喜歡別人的批評，習慣處於舒適圈，懶得把事情做到最好、得過且過，總愛與臭味相投的人處在一起，討厭別人提出與自己不同的意見。目前雖然還沒遇到太難的挑戰，只要稍微努力一點就能勉強交差了事，但倘若未來眞正遇到變化或挫折，眞的有能力去

應對嗎？

說明：從「洞穴之喻」再回到電影，使兩者之間有所關聯，並進
　　　行自我的省思，讓電影的觀賞與自身經歷發生連結。


　　我們常會以「這又不是我決定的」、「大家都這麼做」或
者「這不是理所當然的嗎？」這類「身不由己」的說詞為自己的
行為找理由，然而猶太人有一句古諺：「沒有選擇也是一種選
擇。」沒有人可以在付諸行動的關鍵為我們做決定，而是因為決
定去執行的當下，自己已經臣服於內心的利益衡量。在鹿橋的
《未央歌》中女主角藺燕梅也曾說過：「你明白一個人能把一匹
馬牽到河邊，十個人不能叫他喝水。」我們可能會受到父母的期
待、他人的誘導、同儕的壓力或情境的限制，做出自己不願意或
不能預料的事，而將責任推給外在的人事物，卻忽略了很大的原
因是我們習慣他人的安排、害怕做出與群體不同的行為、擔心自
己無法承受孤獨或者無法了解自己的內心，因而不敢也無法為自
己的決定負責。電影中，大衛在虛構的黑白世界中學會聆聽自己
內在的聲音，勇敢的做自己；珍妮佛體會到學習的樂趣，決定留
在歡樂谷中繼續追求知識。我們也應該用心去發掘自己的天賦、
了解自己心之所向，始能不受外界的影響，為自己做出由衷的選
擇。

說明：舉出日常生活中熟知的諺語或書籍中的句子，支持自己的
　　　見解，並再度結合電影內容，使閱讀與心得緊密相關。最
　　　後提出積極的、建設性的省思，讓結尾充滿正面的力量。

　　以上只舉出書籍和電影為例，至於演講的聆聽、音樂的欣賞或藝術作品的觀賞等，依然可以依循「摘要（介紹）作品內容」、「延伸作品意涵」、「連結個人經歷」和「提出獨特見解」的原則進行寫作。

## 七 習題

(一)自行挑選一篇散文，依照閱讀心得撰寫原則，擬出至少四段以上的結構大綱，並簡要的說明各段的內容。

(二)自行選擇文學作品、演講、影片、音樂或藝術作品，寫一篇一千五百字左右的「閱讀（聆聽、觀賞）心得」。

## 八 延伸閱讀

(一)廖玉蕙：《文學盛筵》，天下，2010。

(二)仇小屏：〈論讀後感寫作之理論與實務〉，收於張高評主編：《實用中文寫作學》，里仁，2004，頁169-205。

(三)陳滿銘：〈讀後感寫作〉，收於張高評主編：《實用中文講義（上）》，東大圖書，2010，頁185-203。

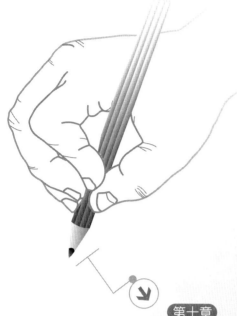

## 一 「演講稿」意義

演講，指在正式公眾場合所發表的談話。團體單位如政府、公司、學校等，都常有接觸演講的機會，藉以宣傳政令、增進職能、拓展識見；文教機構如博物館、圖書館、社教館等，也經常邀請各界專家做專題演講，吸引社會大眾聆聽，藉此陶養性情，提升人文之美。雖然演講看似屬於領導人物、成功人士的專屬品，但實際上，演講是訓練表達能力的試金石，是展現個人魅力的絕佳機會。因此，作為演講基礎的「演講稿」，便是不可忽視的一種應用文書。

演講稿，又稱為演說詞、演講詞。與其他應用文書多以紙本、平面傳遞表達的形式不同，演講稿雖是文字，但其目標在於透過「演」（肢體動作、表情）和「講」（聲音）結合的模式，公開地將文字內容發表出來。亦即，演講稿是為了演講而做的事前準備，必須針對演講主題、對象、場合設計文稿。雖然有些演講屬於即興發揮，演說者憑藉著個人識見、臨場應變與機敏口才，就能口若懸河，滔滔不絕地即席演講，得到很好的效果，但對大部分人而言，剛開始起步便要達到如此境界，實在不是簡單的事。既然獲得上臺的寶貴機會，為何不好好把握呢？因此，認真面對事前的準備功夫——擬訂演講稿，是必要的任務。在登臺前，不只一次地演練講稿，反覆修改、調整，留意語氣、表情、動作，用充裕的準備來贏得聽眾肯定，最後一定能博得滿堂的掌聲。

## 撰寫步驟

首先，演講稿必須訂題目。一般而言有兩種情況，一是邀請單位指定題目，二是自行命題。不論何者，都應先確認該演講之目的、訴求。指定講題方面，例如學校常用「兩性教育」、「資安防治」、「海外旅遊服務」，公司指定「如何激勵人心」、「成功就在眼前」、「一開口就成功」，社福單位偏好「讓愛傳出去」、「親子溝通」、「家有青少年」等。而有時對方只要求大方向，給演講人自訂題目的空間，或完全開放自行命題，則需要與主辦單位確認方向、訴求、聽講對象，再量身訂做適合的題目。例如警政署或學校單位舉辦演講的目的是防制菸害，題目可以訂為「如何成功助人戒菸？」、「香菸的毒害——戒菸的好處」；社會處舉辦演講的目的是預防家暴，題目可用「下一站幸福——家庭暴力預防講座」、「法入家門、暴力遠離」；流浪動物之家舉辦演講的目的是愛護動物、結紮節育，講題可以是「動物是人類的好朋友」、「愛牠，我可以做什麼？」。演講稿呼應訴求，訂題、發揮，切合主題，才能達到公開演說，成功宣導的效果。

其次，必須掌握聽眾。演講前，應先了解聽眾的主要年齡層、職業、身分、性別等，因為這些條件都會反映出他們的興趣、喜好。能夠投其所好，或選取大家比較感興趣的話題作為演說的材料，就會因貼近生命經驗而吸引對方聆聽，引起注意。而能夠使聽眾產生共鳴，便可掌握現場氛圍，營造良好的「傳

遞──接受」過程。例如：講者以小時候祖母對自己所說的話為開場，引發聽眾想像，接著利用這個話題連結到人權議題、司法正義，讓原本嚴肅的主題增添了溫馨情感，也讓現場聽眾全神貫注地聆聽他的觀點。（布萊恩・史蒂文森〈我們需要談談不正義！〉）以上是正面且成功的案例，反之，則可能令聽眾難以理解，逐漸演變成全場陷入尷尬、躁動、昏昏欲睡的情況，令雙方都感到挫折。

在訂題、確認聽眾群屬性後，就應著手蒐集演講相關資料，諸如調查報告、統計數據、新聞報導等。專業知識方面可查詢網路資料庫或尋找參考書籍，若欲增添時事性或趣味性，也可蒐集網路社群、流行雜誌的討論話題。要特別注意的是，即使演講強調「說出來」，並不一定會有文字記錄，但「凡走過必留下痕跡」，演說過程中凡引用如他人言語、觀點，都應該提及原作者，不宜逕自視為個人獨到說法。

最後，在完成初稿後，宜謹慎地反覆核對，確認內容是否完整，涉及的訊息、數據及交代引用來源是否正確，文氣是否流暢，有沒有偏題、離題情況，用字遣詞是否過度艱澀或太過俚俗。例如何飛鵬〈從準時邁向完美〉分享自己在北京的經驗，事情的經過是某次他比預定活動時間早到許多，但他沒有滑手機刷FB、微信，而是先將待會要講述的資料再檢查一遍，也順手查了對方背景、公司文化，才赫然驚覺自己準備的案例，與對方立場互相矛盾，立刻抓緊時間修改，所幸後來一切順利，並達成合

作共識。（詳見《商業週刊》第1480期，2016年3月24日）文章內容重點雖是鼓勵大家守時甚至提前準備，但也可見反覆修改、核對的重要性。

## ⬤ 寫作要領

　　演講稿和一般文章結構相似，都有開頭、主體、結語三部分。撰寫演講稿時，也有助於講者整理思路，條理分明，乃至找到最佳例證、警句，畫龍點睛，達到令人印象深刻的方式傳遞訊息給特定群眾的目標。所以，撰寫講稿應注意以下幾件事：

### ㈠ 具備吸引力的開頭

　　一場精彩的演說，需要精彩、有力的開場，就如同一篇文章、一本書需要引人入勝的開頭一般，第一印象決定了接下來是否能夠聚集觀眾的注意力與掌握整場的氣氛。根據研究顯示，人們的專注力只能維持十五至二十分鐘。現在全球知名的TED演講，平均時間大約十八分鐘，正是掌握人們的生理，藉由控制時間達到最大效益。演講如是，講稿就必須符合期待，在開始的開場白便抓住大家的目光。一般來說，演講的開場有幾種表現方式：

1. 幽默感。無論婚宴、頒獎、典禮儀式，大家都不喜歡太過冗長的致詞，於是幽默大師林語堂就說：「女士們，先生們——我覺得，紳士們的演講應該要像女人們的裙子，越短越好。」這句話常被後來的許多講者引用，在開場時藉此發

揮，宣告自己一定準時結束，或者打算用幾句話濃縮所有訊息，一方面安定人心，也提起大家的期盼。又如美國黑人律師約翰‧羅克勤於1862年發表反奴隸制演說，聽眾幾乎是白人，現場理應氣氛嚴肅甚至有些緊張，但講者在開場時對臺下說的第一句話是：「女士們，先生們——我來到這裡，與其說是發表講話，還不如說是給這一場合增添了一點『顏色』。」從容、自然地面對膚色種族議題，幽自己一默，讓現場的氣氛頓時輕鬆許多。

2. 開門見山法。若認為自己不適合或無法駕馭幽默式開場，不如直接明白的破題，交代演講的重點。運用開門見山法，可以直接切入正題，或簡要地點出內容，也可以介紹背景、揭示主題。前者包括邀請單位、機關、長官、訴求、講題等，後者則是直接申明此次活動的精神、要旨。

3. 設問法。一開始便藉由提問方式引發聽眾思考、互動，甚至化被動為主動，要求聽眾給予回應。例如談論「人才養成」議題，開場便詢問大家：「人才在哪裡？」之後有兩種選擇，一是立刻揭曉答案，二是彙整原本的答案與聽眾的回應，再作總體式的回答。

　　除此之外，還可以引用人物名言、詩詞佳句吸引聽眾，或是新聞式的論述，利用客觀事實、數據強化專業形象，這些都是一場引人入勝的演講開場時能夠採用的好方法。

## (二) 令人印象深刻的結尾

如果說一個精彩的演說開場是座橋梁，搭起講者與聽眾間的情感交流，那麼一個好的結尾，就如同最後施放的燦爛煙火，更是不容輕忽的關鍵。拿破崙曾說過「決定戰爭勝敗的關鍵，往往在最後五分鐘。」（A hero is no braver than an ordinary man, but he is brave five minutes longer.）成敗往往取決於最後的時刻。美國作家約翰・沃爾夫（John Worf）認為：「演講最好在聽眾興趣到高潮時果斷收束，未盡時嘎然而止。」但什麼是好的結尾？首先，它應該是響亮的。例如帕特里克・亨利（Patrick Henry）在維吉尼亞州里奇蒙的聖約翰教堂發表了著名演說，它的結尾是：「難道生命就這麼可貴？和平就這麼甜蜜，竟值得以鐐銬和奴役作為代價？全能的上帝啊，制止他們這樣做！我不知道別人會如何行事；至於我：不自由，毋寧死！」這番激昂慷慨的講詞鼓舞、啓發了群眾。時至今日，人們也許不記得亨利全部的講詞，也許遺忘了那段爭取人權的血淚歷史，但是「不自由，毋寧死！」已成為大家耳熟能詳、不朽的名句。

其次，它應該是能發人省思、餘韻無窮的。例如林肯的第一次就職演說，時值南北關係緊張，衝突一觸即發，他原本擬定的講詞結尾：「各位心存不滿的同胞們：內戰這樣重大的災難，現在掌握在你們手裡，而不是我的手裡。政府不會責罵你們。因為你們本身不當侵略者，就不會產生衝突。毀滅政府的衝動不是你們與生俱來的，但是我有這樣的職責，我要為維護和保護政府

而戰。你們可以避免與政府的衝突，但是我不能逃避保護它的責任。和平還是戰爭，這是多麼嚴肅的問題，但是現在它取決於各位，而不是我。」後來經國務卿西華（William Henry Seward）建議，更改為：「我痛恨衝突和戰爭。我們不是敵人，而是朋友。而且我們絕不應該是敵人。一些事情造成了現在這樣緊張的局勢，但是這並不能破壞我們的情感和友誼。戰場上每一個愛國的志士都是我們尊敬的英雄。這塊土地上每一顆跳動的心和每一個家庭，所有的老人和孩子，都是我們共同守護的。這些都將會增加我們的友情，增加合眾國團結的力量。到時候，我們將會，也必然會用眞誠的心、淳樸的天性對待我們的國家。」修改後的結尾，雖不似原本的立場鮮明、鏗鏘有力，但釋出大量善意及友好、溫馨的訊息，在當時的社會氛圍下，可以說是非常成功、適切的作法。

演講詞的結尾，可採用總結、呼告、借代化用、對比等方式。呼告式可以帕特里克‧亨利（Patrick Henry）的講詞為例，也可以參考金恩博士（Martin Luther King, Jr.）〈我有一個夢〉，可以激勵、引領、乃至於說服聽眾。對比式可以上述林肯的就職演說為例，造成鮮明效果並引發聆聽者省思。總結式可以用威爾斯親王（Prince of Wales）在多倫多「帝國俱樂部」演講的結束語為例：「諸位，我很擔心。我已經不能自我克制，對自己關注得太多，談論得太多了。但是我還是想告訴大家，這次是我在加拿大演講以來，來的人數最多的一次。我必須對你們說，

我對各位的看法，以及我深切感受到的責任——我只能向各位保證：我將恪盡職守，鞠躬盡瘁，不辜負各位對我的信任。」總結式可以摘要演說內容，有助聽眾回憶重點。至於借代化用，例如郭沫若〈科學的春天〉演講結尾：「春天剛剛過去，清明即將到來。『日出江花紅勝火，春來江水綠如藍』，這是革命的春天；這是人民的春天；這是科學的春天；讓我們張開雙臂，熱烈地擁抱這個春天吧。」引用名人說法可增加演說者的威信，引用文學經典可提升美感、營造畫面與想像。

(三) 善用修辭

　　《易經》有言：「修辭立其誠。」良善美好的用意，還需要經過適度的修飾，才能夠更廣泛地被接受。例如霍斯蒂克博士在日內瓦的聖皮耶瑞教堂發表〈舞劍者亡於劍〉演說：「戰爭是人類犯過的最大的錯誤。此時此刻，作為一個美國人，請允許我在這友善的屋頂下發言。雖然我不能代表政府演講，但是我願意以美國人和基督徒的雙重身分，代表幾百萬我的同胞發言：祝賀你們將完成偉大的任務，並且我們深信這一點。若你們無法完成，我們將深感遺憾。我們多方面努力，為了達到一致的目標——建立一個追求和平的世界組織。再也沒有比這更有意義的目標值得我們為之奮鬥一生了。我們要征服人類有史以來最可怕的災難。在道德這一領域，上帝從不對任何國家和種族有歧視：『舞劍者，亡於劍。』」便運用比喻的修辭。至於演講中常被使用的方式，就是引用名言、資料佐證，例如多年前兩岸交流時，

大陸領導人便以張九齡〈望月懷遠〉：「海上生明月，天涯共此時。」爲演說開場，巧喻兩岸關係。名廚傑米·奧利佛（Jamie Oliver）於2010年有一篇TED演講，在開場時說：「很遺憾，在接下來十八分鐘的演講過程中，有四名美國人會因爲吃進肚子裡的食物而死於非命。」身爲廚師的傑米·奧利佛之所以能引起聽眾注意，是因爲他提出了當代飲食問題——人們很可能因錯誤飲食耗損生命，這不是發生在貧困缺乏物資的第三世界，而是正在你我身邊上演，許多科學調查報告也印證了這段話，大家不禁會想：「待會要吃什麼？我吃下肚的東西安全嗎？」這正是演講希望得到的效果。

此外，製造響亮、容易記憶的口號也是演說中的亮點。許多指導演講技巧的書籍常提到要掌握音樂性，如果覺得太難，不如試著運用押韻與字詞類疊吧！押韻是最快入門的方式，也能在短句中形成韻律，只是要記得：宜短不宜長，反覆出現的要訣。響亮的口號最好控制在三到十二個字左右，且儘量使其在整場演講中適切地出現三次。例如美國總統歐巴馬的競選口號：「Hope and Change」（希望與改變）、「We Can't Wait」（改革不能等）、「Yes, We Can」（我們做得到），都十分簡潔有力。而轟動一時的明星球員殺妻案（辛普森案）辯護律師一直堅持「手套不對，人就無罪」，姑且不論是非對錯，這個訴求清楚明確，是十分容易被記住的。又如狄更斯《雙城記》寫到：「這是最好的時代，也是最壞的時代；這是智慧的時代，也是愚蠢的時代；

這是篤信的時代，也是疑慮的時代；這是光明的季節，也是黑暗的季節；這是希望的春天，也是絕望的冬天；我們什麼都有，也什麼都沒有；我們全都會上天堂，也全都會下地獄。」這段話運用大量的排比、映襯，形成回還往復與強烈對比，持續在不同的時空被徵引、化用，一般人若無特殊原因，大約只會記得前兩句「這是最好的時代，也是最壞的時代」，然而在資訊龐雜的今日，這麼一個記憶點便足以讓它不斷被牢牢記住而傳唱久遠。

演講包含了「演」與「講」，即講者的演出和說話。演講的目的，是傳遞訊息給聽眾，並引發聽眾的反應與回饋，所以演講不是演說者單向地輸出，還必須注意聽者是否接收到訊息，作出自己預期中的反應，如若不然，便得調整內容、話題或例子，重新掌握演說節奏和現場氣氛。

演講詞是演說的基礎，它幫助人們釐清思緒、掌握要旨，針對議題作出回應並提出解決之道。好的演講詞讀來令人振奮、感動，它必然掌握了精彩開頭，豐富但有邏輯的正文，具總括性、令人眼睛為之一亮的結尾。它不僅是演講者的提詞，也是一篇好作品，值得用心經營，仔細構思、演繹內容。至於想要完成一場博得聽眾認可的好演講，唯有「練習，練習，再練習」，那是通往成功之路的不二法門。網路上流傳很多名人演講的影片、文章，如果有意加強演講稿撰寫功力、提升演說技巧，不妨多參考借鑑，從這些成功的演講範例中汲取養分，再不斷地反覆練習、調整修正，相信就能掌握要領，完成一篇精彩的演講稿。

## 四 演講詞範例

### ㈠ 範例一：葛底斯堡演講／林肯

　　八十七年以前，我們的先輩們在這個大陸上創立了一個新國家，它孕育於自由之中，奉行一切人生來平等的原則。

　　現在我們正從事一場偉大的內戰，以考驗這個國家，或者說以考驗任何一個孕育於自由和奉行上述原則的國家是否能夠長久存在下去。

　　我們在這個戰爭中的一個偉大戰場上集會。烈士們為使這個國家能夠生存下去而獻出了自己的生命，我們在此集會是為了把這個戰場的一部分奉獻給他們作為最後的安息之所。我們這樣做是完全應該而且非常恰當的。

　　但是，從更廣泛的意義上來說，這塊土地我們不能夠奉獻，我們不能夠聖化，我們不能夠神化。曾在這裡戰鬥過的勇士們，活著的和去世的，已經把這塊土地神聖化了，這遠不是我們微薄的力量所能增減的。

　　全世界將很少注意到、也不會長期記起我們今天在這裡所說的話，但全世界永遠不會忘記勇士們在這裡做過的事。

　　毋寧說，倒是我們這些還活著的人，應該在這裡把自己奉獻於勇士們已經如此崇高地向前推進但尚未完成的事業。倒是我們應該在這裡把自己奉獻於仍然留在我們面前的偉大任務，以便使我們在這些光榮的死者身上汲取更多的獻身精神，來完成那種他

們已經完全徹底為之獻身的事業；以便使我們在這裡下定最大的決心，不讓這些死者白白犧牲；以便國家在上帝福佑下得到自由的新生。並且使這個民有、民治、民享的政府永世長存。

(二) 範例二：在美國度聖誕節的即興演講／邱吉爾（一九四四年十二月二十四日）

各位為自由而奮鬥的勞動者和將士：

　　我的朋友，偉大而卓越的羅斯福總統，剛纔已經發表過聖誕前夕的演說，已經向全美國的家庭致友愛的獻詞。我現在能追隨驥尾講幾句話，內心感到無限的榮幸。

　　我今天雖然遠離家庭和祖國，在這裡過節，但我一點也沒有異鄉的感覺。我不知道，這是由於本人母親的血統和你們相同，抑或是由於本人多年來在此地所得的友誼，抑或是由於這兩個文字相同、信仰相同、理想相同的國家，在共同奮鬥中所產生出來的同志感情，抑或是由於上述三種關係的綜合。總之，我在美國的政治中心地——華盛頓過節，完全不感到自己是一個異鄉之客。我和各位之間，本來就有手足之情，再加上各位歡迎的盛意，我覺得很應該和各位共坐爐邊，同享這聖誕之樂。

　　但今年的聖誕前夕，卻是一個奇異的聖誕前夕。因為整個世界都捲入了一種生死搏鬥之中，使用著科學所能設計的恐怖武器來互相屠殺。假若我們不是深信自己對別國領土和財富沒有貪圖

的惡意，沒有攫取物資的野心，沒有卑鄙的念頭，那麼我們今年的聖誕節，一定很難過。

戰爭的狂潮雖然在各地奔騰，使我們心驚肉跳，但在今天，每一個家庭都在寧靜的、肅穆的氣氛裡過節。今天晚上，我們可以暫且把恐懼和憂慮拋開、忘記，而為那些可憐的孩子們布置一個快樂的晚會。全世界說英語的家庭，今晚都應該變成光明的和平的小天地，使孩子們儘量享受這個良宵，使他們因為得到父母的恩物而高興，同時使我們自己也能享受這種無牽無掛的樂趣，然後我們擔起明年艱苦的任務，以各種的代價，使我們孩子所應繼承的產業，不致被人剝奪；使他們在文明世界中所應有的自由生活，不致被人破壞。因此，在上帝庇佑之下，我謹祝各位聖誕快樂。

(三) 範例三：最後一次演講／聞一多

這幾天，大家曉得，在昆明出現了歷史上最卑劣最無恥的事情！李先生究竟犯了什麼罪，竟遭此毒手？他只不過用筆寫寫文章，用嘴說說話，而他所寫的，所說的，都無非是一個沒有失掉良心的中國人的話！大家都有一枝筆，有一張嘴，有什麼理由拿出來講啊！有事實拿出來說啊！為什麼要打要殺，而且又不敢光明正大來打來殺，而偷偷摸摸的來暗殺！這成什麼話？今天，這裡有沒有特務？你站出來！是好漢的站出來！你出來講！憑什麼要殺死李先生？殺死了人，又不敢承認，還要誣衊人，說什麼

「桃色事件」，說什麼共產黨殺共產黨，無恥啊！無恥啊！這是某集團的無恥，恰是李先生的光榮！李先生在昆明被暗殺，是李先生留給昆明的光榮！也是昆明人的光榮！

去年「一二一」昆明青年學生爲了反對內戰，遭受屠殺，那算是青年的一代獻出了他們最寶貴的生命！現在李先生爲了爭取民主和平而遭受了反動派的暗殺，我們驕傲一點說，這算是像我這樣大年紀的一代，我們的老戰友，獻出了最寶貴的生命！這兩椿事發生在昆明，這算是昆明無限的光榮！

反動派暗殺李先生的消息傳出以後，大家聽了都悲憤痛恨。我心裡想，這些無恥的東西，不知他們是怎麼想法，他們的心理是什麼狀態，他們的心怎樣長的！其實簡單，他們這樣瘋狂的來製造恐怖，正是他們自己在慌啊！在害怕啊！所以他們製造恐怖，其實是他們自己在恐怖啊！特務們，你們想想，你們還有幾天？你們完了，快完了！你們以爲打傷幾個，殺死幾個就可以了事，就可以把人民嚇倒了嗎？其實廣大的人民是打不盡的，殺不完的！要是這樣可以的話，世界上早沒有人了。

你們殺死一個李公樸，會有千百萬個李公樸站起來！你們將失去千百萬的人民！你們看著我們人少，沒有力量？告訴你們，我們的力量大得很，強得很！看今天來的這些人都是我們的人，都是我們的力量！此外還有廣大的市民！我們有這個信心：人民的力量是要勝利的，眞理是永遠是要勝利的，眞理是永遠存在的。歷史上沒有一個反人民的勢力不被人民毀滅的！希特勒，墨

索里尼，不都在人民之前倒下去了嗎？翻開歷史看看，你們還站得住幾天！你們完了，快了！快完了！我們的光明就要出現了。我們看，光明就在我們眼前，而現在正是黎明之前那個最黑暗的時候。我們有力量打破這個黑暗，爭到光明！我們光明，恰是反動派的末日！

現在司徒雷登出任美駐華大使，司徒雷登是中國人民的朋友，是教育家，他生長在中國，受的美國教育。他住在中國的時間比住在美國的時間長，他就如一個中國的留學生一樣，從前在北平時，也常見面。他是一位和藹可親的學者，是真正知道中國人民的要求的，這不是說司徒雷登有三頭六臂，能替中國人民解決一切，而是說美國人民的輿論抬頭，美國才有這轉變。

李先生的血不會白流的！李先生賠上了這條性命，我們要換來一個代價。「一二一」四烈士倒下了，年青的戰士們的血換來了政治協商會議的召開；現在李先生倒下了，他的血要換取政協會議的重開！我們有這個信心！

「一二一」是昆明的光榮，是雲南人民的光榮。雲南有光榮的歷史，遠的如護國，這不用說了，近的如「一二一」，都屬於雲南人民的。我們要發揚雲南光榮的歷史！

反動派挑撥離間，卑鄙無恥，你們看見聯大走了，學生放暑假了，便以為我們沒有力量了嗎？特務們！你們看見今天到會的一千多青年，又握起手來了，我們昆明的青年決不會讓你們這樣蠻橫下去的！

　　反動派，你看見一個倒下去，可也看得見千百個繼起的！

　　正義是殺不完的，因爲眞理永遠存在！

　　歷史賦予昆明的任務是爭取民主和平，我們昆明的青年必須完成這任務！

　　我們不怕死，我們有犧牲的精神！我們隨時像李先生一樣，前腳跨出大門，後腳就不準備再跨進大門！


**五　習題**

㈠請以「畢業生代表」身分，試著撰寫一份畢業典禮演講稿。

㈡請以「未來就在你手裡」爲題，試著撰寫一篇演講稿。

㈢請任選一篇網路上流傳的演講稿，試著評論其優缺點。


**六　延伸閱讀**

㈠吳娟瑜：〈演講詞寫作〉，收入張高評主編：《中文實用寫作二十講》，台北：萬卷樓圖書公司，2016。

㈡傑瑞米・唐納文著，鄭煥昇譯：《TED Talk十八分鐘的祕密》，台北：行人文化實驗室，2013。

㈢周震宇：《聲入人心——教你如何洞悉人性、說話動聽》，台北：方智出版社，2012。

第十一章

# 歌 詞／林宏達 ／233

# ● 歌詞是流行音樂的糖衣

　　唐宋時期胡樂東傳，使得中國音樂起了相當程度的變化，發展出有別於傳統詩歌之外的「詞」。所謂的「詞」，依附在音樂之下，隨著旋律起伏，以及創作者的感受，填製出瑰麗動人的文字。之後元代的「曲」，亦是以音樂爲主體，其中「曲詞」必須附庸於音樂底下進行創作。然而過去並沒有留聲機、錄音機等機器，音樂無法長久保存，於是「詞」或「曲」脫離原本的音樂，成了案頭文學。時移至今，流行音樂的大量發展，歌詞成爲詩歌、散文、小說之外，被廣泛運用在流行文化上的有機文字。只要有流行歌曲的一天，就有所謂「歌詞」的存在。早期對流行歌曲的認定比較廣泛，例如：「通過大眾媒體傳播、以大眾爲接受對象的歌曲，即可謂流行歌曲。」流行歌曲有一定的時代背景，一開始是透過電台、電視或搭配電影播送，流行於青年之間。楊克隆再進一步定義，認爲：「『流行歌曲』乃特定的曲、詞作者，製作出簡單易記的旋律、符應於社會性的歌詞，再經由商業廣告的精美包裝，並透過大眾傳播媒體，公開向社會大眾促銷，以便造成一時的流行，藉以達成營利目的的創作歌曲。」（見楊克隆《台語流行歌曲與文化環境變遷之研究》）

　　由以上不同的定義，綜合前人說法，可歸納出流行歌曲與歌詞的五種特質，包括「社會性」、「娛樂性」、「流行性」、「商業性」與「文學性」。「社會性」方面，製作唱片主要是爲求銷售，在樂曲與歌詞的設計上，需要揣摩社會大眾的心理，將

社會現象體現於音樂與文字之中，包括當時社會的諸多面向，都會被記錄在歌詞裡，反映具體史實背景。就歷史角度而言，歌詞具有保存史料的價值，可間接補充官方文獻的不足。「娛樂性」方面，流行歌曲以簡單、自由、活潑的方式，配合最新影音技術的錄製與宣傳，使歌曲的娛樂特質更加彰顯，能輕易地獲得群眾的喜愛，於是逐漸取代傳統戲曲、歌謠等音樂類型，成為音樂市場的主流。「流行性」方面，因具有高度的娛樂效果，創造歌曲的流行型態，然而流行歌曲通常無法恆久雋永，當有新歌出現，上一批流行歌隨即變成「舊歌」，此特質是許多創作者面臨的難題，既要符合流行，又可達到耐聽且傳唱久遠，考驗創作者的功力。「商業性」方面，唱片公司製作歌曲，主要的訴求，即在於利潤的高低。唱片公司巧妙地將歌曲的社會性、娛樂性充分發揮，以創造樂壇的流行，進而達到商業營利的目標，背後所構思的創意、製作、宣傳廣告等，都是計算將商品利潤最大化的考量。同時利潤的多寡，也影響歌手、歌曲是否繼續生存、發展的主要因素之一。

　　流行歌曲與歌詞是當代表現藝術、文化的一種方式。單就銷售量而言，遠勝各項樂種，形成主流；以「文學」的角度探察，歌詞是當代文學裡，正發芽茁壯的新體製。歌詞保有韻文的傳統特色，也適度使用文學創作技巧，具有一定的「文學性」。然而當前流行歌曲的文學素質甚為淺薄，常為人所詬病。因此，如何在保留通俗的前提下，提升其「文學性」，也就成為現下流行樂

壇重要的課題。

## 🔘 學習目標

　　流行音樂已成為現代人不可或缺的生活調劑，歌曲的旋律可以美化心靈；歌詞的文字可以撫慰人心，兩者的結合不僅是一種娛樂，亦可以發展成新品種的文學，甚至可視為文字事業來經營。本章節以應用的角度出發，將歌詞所具備的元素逐一說明，並且透過實例，解析歌詞寫作的體製架構、用韻方式，以及各類技巧，透過理論與實務兩方面的交互啟迪，再配合主題習作，激發學生的創意，以提升文字寫作能力。

## 🔘 歌詞創作的基本元素

　　要成為一名填詞者，可以從以下幾個角度切入。第一，「從聽歌、唱歌的娛樂角度延伸」：歌詞是依附音樂而生，而每個人幾乎都有聽歌的習慣，甚至會到KTV去唱歌，如果具備這樣的興趣，創作歌詞基本上就不會是件難事；接著，可以「試著改寫現今流行歌曲的歌詞」，選擇熟悉的歌曲，將原有歌詞拿掉，重新構思。如果一開始覺得有點難，不妨保留原歌詞的架構與韻腳，例如歌詞第一句是「心若倦了，淚也乾了」，就保留八個字的空間，把句中屬於押韻的「了」字做記號，記住此處必須押韻。用這種方式運作，以此類推，重新填上自創的新詞。一開始練習時，儘量不要選擇經典的樂曲歌詞，因為很容易受到原歌

詞的影響，可以選擇自己聽起來感覺還不錯的音樂，但歌詞寫得普通的作品進行改寫。第三，「在心態上改變成文學創作的角度來書寫」，把歌詞看成一種新的文學體製，用創作的角度重視之，而不是心血來潮所寫的「打油詩」，或者用「急智歌手」的方式呈現。這樣一來，歌詞的文學美感才得以彰顯，而不會永遠停留在俚俗的窘境裡。最後，如果真的想成為一名更高階的填詞者，必須「增進樂理的能力」。畢竟歌詞是隨樂而生，旋律起伏會影響用字的聲調高低，如果能掌握音樂的流動脈絡，對於填寫歌詞有極大的幫助。

創作歌詞的基本元素，大致可歸納為四點：

## ㈠ 配合音樂

上述已說明音樂與歌詞有著密不可分的關係，所以歌詞創作必須配合音樂，兩者結合下需達和諧穩妥，盡可能不要出現快樂的旋律，填下悲傷的歌詞，反之亦然。例如邁克·歐菲爾德創作的英文歌曲〈Moonlight Shadow〉與大陸歌手王麟的〈傷不起〉，均是曲風輕快動人，但詞意卻十分悲傷。雖然創作者意在利用樂曲與歌詞的反差性，創造特殊的聆聽感受，但曲調與聲情不吻合的情況下，容易產生聽覺的突兀。但是高反差的設計，有時也會帶來特殊效果，如胡彥斌〈婚禮進行曲〉，在副歌加入〈結婚進行曲〉的旋律，填下「噹……噹……這婚禮怎麼那麼悲傷／我流著淚雙手使勁鼓掌／噹……噹……我聽到愛情鐘聲在響／一杯又一杯喝醉了／我才會變得高尚」，將本來歡快的結婚之

歌，變成心碎的旋律，如此設計的高反差，是相當成功的。

　　針對旋律的流動，填製華語歌詞時，還得留意三、四聲的字音運用。是詩人也是作詞人的夏宇（作詞人筆名李格弟、童大龍）指出：創作歌詞要講究旋律與字的四聲的咬合度，避免出現同音字（或諧音字）、唱不出來的字，以及唱出來聽不懂的字。（見《誠品好讀‧夏宇vs.李格弟：一手寫詩，一手寫詞》）歌詞中盡量不要出現諧音字句，例如張洪量的〈你知道我在等你嗎〉一曲，常會被開玩笑是在唱「等你媽」或「瞪你媽」，這是旋律與聲調沒有搭配好，又犯下諧音字的缺失。另外萬芳的〈猜心〉，主歌第一段「四方屋裡／什麼都沒有／只有被你關／進來的落寞／你在牆角獨坐／心情的起落／我無法猜透」，其中「只有被你關進來的落寞」一句，依照旋律會停頓在關字上，造成文字句意被切割，這是作詞人創作時，應反覆聆聽旋律，避免句意在旋律頓點上產生割裂。而副歌的「我的喜悲／隨你而飛」，喜悲一詞也犯了諧音閩南語的「死爸」，或許可以用他詞替換；再看林俊傑〈學不會〉的主歌第二段「才發現愛不代表一切／再真心也會被阻絕／這世界天天有詭雷／隨時會爆裂」，詭雷一詞，若不看歌詞文字，是無法透過歌者演繹來直接了解詞義，這便是夏宇所言「唱出來聽不懂的字」。所以填詞者需要具備節奏感、音感等辨識調節能力，才能避免在填詞上的缺失。

㈡ 可讀性

　　雖然歌詞是依附在音樂底下的文字，但抽離音樂後，它應該

要如詩歌一樣，具有獨立的可讀性。反之，歌詞不應該遷就音樂而恣意刪減文意，即便歌詞不像小說可承載大量字句，但內容架構上，必須是完整的心情、感受、情節與故事。舉例來說，孫燕姿〈隱形人〉：「你越是想要誠懇／其實越殘忍／偽裝不了你對我／漠視的眼神／你不許我聽信永恆／不許我迷信我們／不許我奮不顧身」，其中「不許我迷信我們」並無法構成句子，是作詞者為了遷就旋律，而減損了詞意。

## (三) 記憶點

　　英文稱作hook。一首歌必須要有讓人印象深刻的文字，如果歌詞能準確設計出「記憶點」，歌曲的傳唱程度會比較持久。記憶點的設計必須掌握兩大特性，第一，有些歌詞讓人印象深刻，不一定是副歌的記憶點，而是提出了某種心得感想，讓人同感共鳴，或是利用特別的形容方式，令人驚豔。一首歌能出現一兩句畫龍點睛的文字，就能構成歌曲成功的條件。例如費玉清的〈晚安曲〉，首句歌詞「讓我們互道一聲晚安」，因有其特殊的時間概括性，所以被各大行業當成結束營業時間的播放曲，至今仍沿用不墜。第二，副歌主要的句子一定要「好唱」，副歌歌詞唱進旋律中，務必要求順暢，斷句也要很自然，讓聽眾不看歌詞也知道在唱些什麼，自然容易跟著唱，在流行K歌的年代，這樣的「記憶點」設計很重要。舉凡成功抓住聽眾目光的歌，都有特別的「記憶點」，例如郭富城〈對你愛不完〉的經典副歌、羅志祥〈獨一無二〉副歌第一句「ONLY ONLY U-U-U／ONLY、

ONLY U-U-U」、八三夭〈東區東區〉副歌「東區／東區／東區／舞曲不要停／東區／東區 東區／PA-PA-PA PARTY」，皆能夠讓不熟全曲的人，也可以在記憶點出現時，跟著大聲合唱。

### ㈣ 必須押韻

　　流行歌曲的歌詞，基本上都必須押韻。為什麼要押韻？其實主要有三個重要目的，第一，便於歌唱，容易記憶。押韻形成的自然韻律之美，實際上可以輔助歌者記住複雜的歌詞，也讓整首歌在演繹過程中更為順暢；第二，成為音樂旋律的頓點。每一句歌詞，都會停留長短不等的節拍，這時，押韻的地方，會自然營造出旋律的重要停頓點，每句押韻，會使節奏無形增快，若是兩句才押一次韻，節奏上亦會漸趨和緩，這是歌詞押韻的另一項功能；第三，押韻字是歌曲情感的表現。在押韻時使用不同韻母，會產生不同情緒的效果，中文在音韻上有開口音、閉口音、捲舌音等差別，了解語音的形態，有助於在押韻上結合相應的情緒。

### ㈣ 歌詞創作的押韻原則

　　延續上一節提及押韻的重要性，在此進階說明歌詞押韻的常見方式，以及押韻字所展現的情緒強度。

### ㈠ 常見的押韻方式

1. 每句押韻：在歌詞中每一句的結尾處都安排押韻，對於歌曲的情感表現會更為濃烈，並且節奏相對明顯增快。例如周杰

倫的〈說好的幸福呢〉，主歌「妳的回話凌亂著／在這個時刻／我想起噴泉旁的白鴿／甜蜜散落了」每一句都押「さ」韻，且一韻到底不轉韻，到了副歌「怎麼了／妳累了／說好的／幸福呢／我懂了／不說了／愛淡了／夢遠了／開心與不開心一一細數著／妳再不捨／那些愛過的感覺都太深刻／我都還記得」，每三個字便押韻，使得這首慢歌無形當中，自然加快歌曲的節奏感，也將歌詞主角的激動情緒展現出來。

2. 間隔式押韻：有別於每句押韻的方式，通常是兩句才押韻一次，歌曲的情感表現會較為曲折，相對在節奏上也會略顯平緩。例如五月天〈洋蔥〉，主歌第二段歌詞：「大家都吃著聊著笑著／今晚多開心／最角落裡的我／笑得多合群／盤底的洋蔥像我／永遠是調味品／偷偷的看著你／偷偷的隱藏著自己」，其中「心」、「群」、「品」、「你」、「己」是利用「相近音」押韻的方式，可觀察出間隔式押韻的蹤影。最後「偷偷的看著你／偷偷的隱藏著自己」因為將進入副歌，必須堆疊情感，所以在押韻上改回每句押韻，以承接副歌高昂的情緒。由此亦可見原本比較舒緩的情境，經過押韻的改變，歌者在演唱上也必須加快節奏性，這是每句押韻和間隔式押韻最大的差別。

3. 分段轉韻：不管使用每句押韻，或者是間隔式押韻，都可以進行分段轉韻，段落的分野在於主歌轉到副歌時，通常情緒會不一樣，有些作詞者為了加強副歌的情感，會改變副歌

押韻的韻部，來強化情緒轉變的效果。例如蘇打綠〈小情歌〉主歌歌詞：「這是一首簡單的小情歌／唱著人們心腸的曲折／我想我很快樂／當有你的溫熱／腳邊的空氣轉了」，押「ㄜ」韻，近似於自言自語獨白，不適合副歌用來開展情緒，所以副歌換韻：「你知道／就算大雨讓整座城市顛倒／我會給你懷抱／受不了／看見你背影來到／寫下我／度秒如年難捱的離騷」，用「ㄠ」韻突顯情緒的轉折，也帶出主角對愛情義無反顧的告白，這便是分段轉韻強化情緒的效果。

4. 借相近音押韻：如ㄣㄥ、ㄟㄝ、一ㄩ等韻母，在演唱時，聲音接近，故可用來通押，這是初學者學習押韻的入門方法，也是作詞者最常用的押韻方式。例如蔡依林〈妥協〉副歌：「愛到妥協／到頭來還是無解／綁著你不讓你飛／歷史不斷重演／我好累／愛到妥協／也無法將故事再重寫／你已下最後通牒／我躲在我的世界」，其中協、解、飛、演、累、寫、牒、界均為韻腳，以「一ㄝ」為主要韻部，並摻雜了「ㄟ」和「ㄢ」的韻母字，但因為演唱時這些字音都相當接近，所以作詞者取之融通押韻。

5. 其他方式：除以上所述方式，有些作詞者還會使用小技巧，讓歌詞唱法上出現些微變化，例如使用「藏韻」。藏韻主要的目的，也是讓歌者在唱歌時，取得可稍微換氣的空間。例如方炯鑌〈壞人〉的「過渡句」：「三個人從不對等／總有個人必須犧牲／那永恆／就等他帶你完成」，歌詞屬每句押

韻，但在句子間藏了兩個韻，所以演繹這首歌時，亦可這樣唱：「三個人／從不對等／總有個人／必須犧牲／那永恆／就等他帶你完成」，第一、二句唱到「人」字時，可以斷開來唱，會跟原來的唱法略有不同，情感的表現也會有所差別。

另外，還有一種特殊的押韻方式，就是「同字一韻到底」。這樣的方式並不可取，偶而爲之或許可以，但如果每一首歌都用此方式創作，歌詞就會缺少情韻的美感了。這類歌詞在市面上相對少見，例如范曉萱的〈自言自語〉，歌詞全部都押「的」字，「ㄜ」韻非張口韻，所有的聲音情緒吞沒在口內，正好用以體現歌名「自言自語」的情感，副歌歌詞：「你是自由的／我是附屬的／她是永遠的／我是錯誤的／夢是美好的／你是殘酷的／我是灰色的／我是透明的」，不僅押了同一個字，在體製上也採用齊言體，形成一種規律性，就像人在自言自語一般。還有張學友的〈我眞的受傷了〉，全首歌押「了」字，只有倒數第二句押「樂」字，與〈自言自語〉的作意大致相近，都是要表現內心底層的傷感，透過自說自話來進行療癒。

## ㈡ 押韻字的情感表現

古代學者對於韻部的歸納有許多研究，也提出韻部所呈現的情緒。民國初年學者王易在《中國詞曲史》中，把各韻部的情感，用簡單兩字表現出來，提出：「東董寬洪，江講爽朗，支紙縝密，魚語幽咽，佳蟹開展，眞軫凝重，元阮清新，蕭篠飄灑，

歌哿端莊，麻馬放縱，庚梗振厲，尤有盤旋，侵寢沈靜，覃感蕭瑟，屋沃突兀，覺藥活潑，質術急驟，勿月跳脫，合盍頓落，此韻部之別也。」今人押韻多半已不遵從此規則，國語歌詞基本上都依照注音符號的韻母來找尋押韻字。在此依循前人的說法，並結合現代注音符號的方式，製作出「韻字情緒強度表」，方便初學者使用韻字時參考。

| 韻字情緒強度表 | | |
|---|---|---|
| 情緒向度 | 韻母 | 聲音情緒表現 |
| 較為快樂 | ㄤ、ㄚ | 開朗、瀟灑 |
| 些許快樂 | ㄠ、ㄞ | 逍遙、爽快 |
| 情緒中立 | ㄥ、ㄧㄥ、ㄨㄥ、ㄩㄥ、ㄢ、ㄧㄢ、ㄨㄢ、ㄩㄢ、ㄅ、ㄧㄅ、ㄨㄅ、ㄩㄅ、ㄝ、ㄧㄝ、ㄩㄝ | 平穩、和諧 |
| 些許悲傷 | ㄛ、ㄜ、ㄡ | 憂愁、轉折 |
| 較為悲傷 | ㄓ、ㄔ、ㄕ、ㄗ、ㄘ、ㄙ、ㄧ、ㄟ | 窒息、壓抑 |
| 更為悲傷 | ㄨ、ㄩ | 迂迴、淒楚 |

## 🔟 歌詞創作的常見結構

　　流行歌曲為求旋律易記，歌詞簡明，在旋律的結構上不出幾種模式。基本的結構大約由以下數種條件組合而成：

　　「前奏」→「A主歌」→「C過渡句（或稱過門、橋段、插句）」→「B副歌（包含E記憶點）」→「間奏」→重複一次主

歌或副歌→「尾奏」。

　　其中，較為常見的結構有以下幾種：

1. 主歌+副歌（A+B）：此結構以主歌結束直接接續副歌，然後套用模式輪唱二至三遍，例如台語歌〈四季紅〉主歌：「春天花吐清香／雙人心頭齊震動／有話想要對你講／不知通也不通」，結束馬上銜接副歌：「叨一項／敢也有別項／目呅笑／目睭講／你我戀花朱朱紅」，以此結構，將春夏秋冬四季各唱一輪。這種方式較為呆板重複，現在的流行歌曲已較少使用。

2. 主歌1+主歌2+副歌（A1+A2+B）：連續兩段主歌後，才接續副歌的旋律，通常這種結構會直接重唱一輪，例如萬芳〈新不了情〉主歌第一段「心若倦了／淚也乾了／這份深情難捨難了／曾經擁有／天荒地老／已不見你／暮暮與朝朝」，接第二段主歌後，才進入副歌「回憶過去／痛苦的相思忘不了／為何你還來撥動我心跳……」，此結構雖比第一種再有變化一點，但已無法承載現今流行歌詞的新變。

3. 主歌1+主歌2+副歌1+副歌2（A1+A2+B1+B2）：這是流行歌曲中最常見的結構，有時也會改變成「主歌1+副歌1+主歌2+副歌2（A1+B1+A2+B2）」，或者是在副歌2後，又加了一段主歌3，再回到副歌1+副歌2。例如王菲〈旋木〉、田馥甄〈還是要幸福〉、庾澄慶〈缺口〉等。

4. 主歌1+主歌2+過渡句（bridge）+副歌（A1+A2+C+B）：此

結構最接近創作文章的「起承轉合」，過渡句是從主歌過渡至副歌的幾句歌詞，通常會把情緒從平穩的主歌，轉到激昂的副歌，所以過渡句本身像是一段山坡，要慢慢爬至頂峰的過程，例如張雨生〈我的未來不是夢〉，結構便是兩段副歌，中間有過渡句：「因為我／不在乎／別人怎麼說／我從來沒有忘記我／對自己的承諾／對愛的執著」，其中「對愛的執著」這句就漸漸跨越至副歌的聲線高度。過渡句不一定只接在主歌後面，例如那英〈征服〉、方炯鑌〈壞人〉，歌詞裡的過渡句都是唱完副歌後才出現，端看樂曲的安排。

5. 副歌+主歌1+主歌2+副歌（B+A1+A2+B）：有些歌曲為了先發制人，將高潮提早推往前，把副歌在進歌時就先演唱一遍，目的是在加深聽眾對歌曲的印象，諸如薛岳〈機場〉、李玟〈真情人〉、盧廣仲〈我愛你〉、林俊傑〈因你而在〉等。

　　不管使用哪一種結構進行樂曲旋律的創作，最主要還是得有個明確的主題，內容毋須涵蓋太廣，切勿包山包海。主歌的第一句與副歌不斷重複的那一句，最好能細心經營，因為入歌的第一句有「定調」和決定歌曲好壞的特殊位置，若能引人入勝，自然就可以獲得聽眾青睞；另外畫龍點睛的句子，適合放在副歌裡使用，因為副歌才是整首歌反覆詠唱的主要旋律。

　　主歌鋪陳畫面或陳述故事，副歌主攻情感，畫面詞句與情感詞句份量應該對等相當。主歌做好情緒的鋪陳，帶有故事性的歌

詞，比較不容易令人感覺陳舊無趣；副歌唱出整首歌的靈魂，將情緒的濃度拉至最高。另外，歌詞應配合音樂，做到起承轉合的效果，轉折部分（過渡句）如果無法使用文字來彰顯情緒，則可輔以吶喊形式或語助詞來引喉而唱。

　　歌詞宜簡單平順不複雜為前提，例如副歌歌詞若重複多次，也不要刻意讓歌詞變化太大，包羅萬象不見得是好事，反而使歌手難以記憶，讓聽眾有錯亂的感覺。所以寫好歌詞時，試著自己開口演唱，評估是否有讓人聽不懂的字句，若別人聽不懂你在唱什麼，那麼這些文字或許比較適合當案頭文學，而不適合放在流行音樂中。

## 六　結語

　　歌詞創作若能掌握以上幾個重要關鍵，便可填製出基本入門的作品，最後再提出幾項建議，作為歌詞創作的提醒與補充。

　　首先，歌詞創作最大的原則，就是文字要先能感動自己，才有可能感動別人。

　　其二，要加深自己的閱歷，從廣泛閱讀各類文體作品、觀察體會人生，或是欣賞電影、戲劇、聽歌等面向打底。

　　其三，歌詞內容應以多數人的共同經驗感知為主要訴求，才能同感共鳴。在細節處要強調文字的畫面感，如同電影運鏡一般，汰蕪存菁，選擇最具代表性的文字畫面存留。

　　其四，歌名設計不可馬虎，最好避開常用或重複性高的歌

名，若能做到合理的翻新出奇則最理想。

其五，通篇抒情的歌詞不會吸引人，如果加入故事情節於其中，深化內容，才能成為更靈動的作品。

其六，要以「語不驚人死不休」的精神來創造副歌的「記憶點」。

其七，歌詞文字可以通俗簡明，但不宜偏激粗俗，也盡量避免過度悲觀絕望、晦澀灰暗。

## 七 習題

(一)押韻與記憶點練習

1. 找一首不熱門的流行歌曲（以情歌為優先考量），反覆聆聽副歌的旋律（如果可以略去人聲，只聽樂曲更好），達到可進入創作的情緒。

2. 避開原歌詞使用的韻腳（例如原歌詞押「ㄢ」韻，習作時就必須選「ㄢ」韻以外的韻母來創作），嘗試為副歌寫下新的歌詞（不必理會主歌歌詞）。

3. 新的副歌歌詞必須設計「記憶點」，讓歌詞有新的靈魂。

(二)廣告歌設計

1. 請從食、衣、住、行、娛樂不同主題擇其一，進行該產品的廣告歌設計。

2. 利用現有的「兒歌」，找出較適合該產品的歌曲，創造出產品專屬的廣告歌。

3.廣告歌必須把產品名稱、特色、訴求等要件融入，並且歌詞
必須押韻。

㈢ 主題曲設計

1.任選下列一位歷史人物，假定該人物有相關電影或電視劇即
將播映，請為這部電影或電視劇設計一首主題曲。歌詞內容
依照對該歷史人物的了解進行書寫，但不可過度背離史實。

2.創作規則以10句為單位，每句不得少於5個字（若一句斷成
數小句，則不受字數限制）。此10句必須「每句押韻」，不
限制押韻韻母（一句間的每個小句子，可自行選擇押韻或不
押韻），可採敘事或抒情不同作法，或綜合使用之。

3.可選擇的歷史人物如下：諸葛亮（或三國故事）、王昭君、
武則天、李白、楊貴妃、李煜、蘇軾、岳飛、雍正、乾隆、
慈禧。

## 延伸閱讀

㈠ 曾佳慧：《從流行歌曲看台灣社會》，台北：桂冠圖書公司，
2000。

㈡ 簡上仁：《台灣福佬語語言聲調與歌曲曲調的關係及創作之研
究》，台北：眾文圖書公司，2001。

㈢ 路寒袖：《歌聲戀情》，台北：聯經出版事業公司，2003。

㈣ 汪其楣：《歌未央：千首詞人慎芝的故事》，台北：遠流出版
事業公司，2007。

㈤方文山：《中國風：歌詞裡的文字遊戲》，台北：第一人稱傳播事業公司，2008。

㈥高美華：〈歌詞寫作〉，收入張高評主編：《實用中文講義（上）》，台北：東大圖書公司，2008。

㈦陳樂融等著：《我，作詞家──陳樂融與14位詞人的創意叛逆》，台北：天下雜誌公司，2010。

㈧林宏達：〈流行音樂歌詞吸收古典詩詞之意象析論〉，收入林朝成主編：《記憶藍海：事件、社群、現代性》，台南：書邦出版社，2012。

㈨林秋離：《偷你的心情寫情歌：藏在音符裡的愛情故事》，台北：三采文化出版事業公司，2014。

㈩王祖壽：《歌不斷》，台北：三采文化出版事業公司，2014。

## 一 「遺囑」意義

　　一提到遺囑，一般人都覺得有所忌諱，似乎說到遺囑，就與死亡有關，被視為觸霉頭。只是，我們也都明白，人生中充滿各種意外，沒有人可以預料自己的死期。死亡又是唯一無法逆反之事，一旦死了，任何未竟的心願，都只能是永遠的遺憾。

　　人人都知道生死無常，但是卻不願意面對自己會死的可能性。如果有個三長兩短，或是突發意外，該如何安心離去，無論對生者或往者，都是重要的課題。事實上，活著的時候預立遺囑，不僅僅是交代身後事，更可以讓我們反省現在活著的時候，有什麼是習以為常而不覺得的東西，一但失去時才後悔可惜？或是還有什麼心願尚未完成，但一天拖過一天，卻再也沒有機會完成？有什麼話或心情要向誰傳達，如果不能親口說出，會不會終身難過？所以當我們預立了遺囑，會讓我們更熱愛生命，更珍惜身旁的人，更努力去達成未了的心願。

　　一般來說，預立遺囑是在活著，還有意志的時候，先交代身後事。近年來從西方引進「生前預囑」（living wills）的觀念，與「遺囑」（will）不同。遺囑主要是交代遺物、遺產等物質項目該如何分配處理，要等到立遺囑人死後才會生效；至於生前預囑，則是交代自己意願的醫療照顧，立囑人在世時便已生效。living wills也可譯為「生前醫療指示」，或「生存意願書」，這是在有意識時，自己先訂定當發生意外或絕症，生命只能依靠人工維生系統延續時，是否繼續使用，醫生與家屬就能依此處理。

台灣法律原本並無生前預囑觀念，但在民國八十九年立法通過「安寧緩和醫療條例」，條例中規定，凡是20歲以上具有完全行為能力的成人，在平時就可立下「生前預囑」，其中包括將來為自己「預立選擇安寧緩和醫療意願書」、「預立不施行心肺復甦術意願書」、「預立醫療委任代理人委任書」，以及「捐贈器官同意書」，當自己罹患末期疾病時，這些意願皆已生效而受到法律保障。這幾種意願書皆有固定格式，均可於網路登錄及下載，簽署生效後還可註記於健保IC卡，便於醫療人員在急救時有所依據。

　　至於本章所言之「遺囑」（will），雖也是生前預立，但範圍更廣。一般來說，遺囑內容包含「法律規範」與「意願表達」兩大項：法律規範指財產分配、文物處理、未成年子女的監護、遺願執行等；意願表達包括：器官遺體的捐贈、喪葬處理、未了心願，表達愛和感謝、甚至寵物如何安排等。換言之，前述關於醫療急救的事項，亦可於遺囑中表明，同樣具有法律效力。雖然法律賦予行為人的意志自由，且他人得尊重並遵行之，但是在倫理關係與傳統習俗的各種考量下，仍應與家屬溝通討論，免得萬一意外發生時，親屬家人措手不及，徒增糾紛困擾。所以，當我們試著為自己立下遺囑時，除了思考如何安排自己的身後事，也同時慮及親人朋友，更重要的是，提醒自己朝遺囑中的目標邁進，如果能因此珍惜生命，把握時間，完成想做的事，則生命將得以圓滿，不再有遺憾，這或許是遺囑寫作的積極意義。

## 寫作項目

　關於遺囑寫作的內容，可以包含下列幾項：

1. 人生回顧。通常寫作遺囑時，多半預期自己的人生即將終了，或者想像已走完人生的路程，因此我們回顧反省這一生中，做了哪些事，和哪些人交遊，有什麼樣的體驗。在回顧之餘，也可想想有什麼話要和什麼人說，可以是生者，也可以是逝者。畢竟，遺囑意味生命結束後，在世者可以透過文字了解亡者的心情，書寫時，盡可能敞開心胸，述說自己過往的種種。

2. 遺言。當我們回顧自己一生時，關於生命中的親人交遊，有什麼話來不及當面說，或當事人已不在，無法直接訴說，都可以在遺囑中交代。事實上，遺囑不見得是和別人說話，亦可視為和自己的過去對話，尤其是人生即將結束時，如果還有感謝、抱歉、告白或是其他想說的話，都可以訴諸筆墨，因為這是最後一次機會了。

3. 未了心願。生命有限，夢想無窮。人的一生中，總有一些想完成的心願，想做的事，想見的人，想去的地方，但是這些願望不一定能全部完成，尤其是許多年輕時的夢想，常埋葬在忙碌的現實生活中。執此之故，遺囑中可以交代還有什麼心願未了，可以適度地請生者代為完成。當然，如果我們預立遺囑時還年輕，實可提醒自己盛年不重來，若不積極規劃實現夢想，就會真的成為遺願，再也無法完成。

4. 財物處理。雖說金錢乃身外物，生不帶來，死亦無法帶走，但人生中難免有些財物，不一定值錢，但或許有紀念意義。因此在遺囑中交代如何處理這些財產，或分配、捐贈、信託，還是銷毀，將便於生者執行。此外，若有保險受益人之指定或更改，亦得清楚敘明。法律對遺產的分配、稅款的繳納，以及債務的轉移等，皆有所規範，預立遺囑時最好先了解相關法規。為了保障遺產分配的公平，關於金錢財物的處理，不該輕忽，必須審慎以對。所以，為避免後代子孫因爭遺產而對簿公堂，遺囑中最好能清楚交代財產的分配、管理與遺贈，甚至選擇「公證遺囑」的方式，方得使執行遺囑時有準確依據。

5. 醫療照顧。現代醫學發達，有許多儀器可以延長生命，特別是在瀕死或病危時。然而，大部分的急救方式都是侵入性治療，不但病人多受痛苦，家屬也倍受煎熬。更重要的是這些治療只能延長生命一段時間，病人仍會在疼痛與喪失尊嚴中死去。如果事前沒有先做好準備，沒有先預立放棄急救的同意書，沒有先和家人親屬溝通，往往在急救的過程中，醫師和家屬各有立場，病人將不能安心離世。所以，明確地指示是否放棄急救，有助於面對緊急情況時，能獲得最適切的處理。

6. 喪葬事宜。由於傳統喪葬習俗繁複，一般人並不會刻意了解，因此大部分的人都會委託禮儀公司辦理喪事。然而，喪

葬儀式在不同地區，因民俗而有所差異，不同的宗教也有個別的儀式，近年來隨著工商社會的變化，也有一些簡化或創新的喪葬儀式出現。除了喪葬流程，早年遺體以土葬為主，後來政府推廣火化而成為主流，近年還引進倡導「環保自然葬」，舉凡樹葬、花葬、灑葬與海葬等新型方式，也逐漸為民眾採納。這些喪葬事宜，如能自行選擇，於生前決定，生者便能依循往生者的交代，安排處理後事。否則，若喪葬儀式不合己意，或許將有所遺憾。

## ● 法律效力

由於「遺囑」涉及遺產分配，因此其要式依照民法第1190條至第1197條所定為之，不依法定方式作成之遺囑，依民法第73條規定，應屬無效。至於預立遺囑在法律上有條件限制，首先，須年滿16歲以上，且未被法院宣告禁治產者；其次，內容以不違反善良風俗或法律規定，方屬有效。原則上只有在去世之後遺囑才生效，如財產分配必須等到當事人死亡後才能執行，但是醫療方式、財產管理、未成年子女的監護等，在立遺囑人失失去意識能力時，即具法律效力，得依遺囑所示辦理。

據民法1189條規定，遺囑共分自書遺囑、公證遺囑、密封遺囑、代筆遺囑、口授遺囑5種。民法重視立遺囑人的意志，為避免引發關於財產的爭議，清楚載明年、月、日是遺囑的法定要件，且必須親自簽名。若立遺囑人不能簽名，須由二名以上見證

人簽名。以最簡單的「自書遺囑」而言，立遺囑人得親自書寫全文並簽名，不得以蓋章或按指印代替，不論繁簡或草正字體，只要能清楚辨識，即為具有法律效力的遺囑，若有部分非「自書」，整份遺囑將被視為無效。另外，要詳細註明年、月、日，中、西曆皆可，因為遺囑成立的日期，關係立遺囑人有無遺囑能力，即是否滿16歲。若有多處註明日期者，以最後日期的完成日，遺囑成立的日期為要件。最後，若有增減、塗改之處，要註明增減塗改的段落及字數，並另行簽名，才算有效。簡言之，自書遺囑時，可先行擬草稿再謄抄，儘量避免塗改。

至於公證遺囑則須有二名以上見證人，由立囑人在公證人前口述遺囑旨意，公證人筆記、宣讀、講解後，經遺囑人認可，再由公證人、見證人及遺囑人共同簽名。各地法院都設有公證處，還有許多地方法院所屬民間公證人事務所，皆可製作公證遺囑。其優點在證據力強大，不易發生爭議；缺點在於製作較不易，且有相關公證費用。密封遺囑則結合前述兩種遺囑方式，經公證程序後將遺囑密封，於彌封處簽名或蓋手印，可指定啓封時間，在親屬會議或法院公證處才能打開。其優點為他人不知遺囑內容，且能避免變造，具有私密性。代筆遺囑則須由立遺囑人指定三名以上見證人，經相關程序後始生效。口授遺囑則為已不能依其他方式為遺囑者，若其他方法仍可用時，則口授遺囑無效。且口授遺囑的立遺囑人事後狀況好轉，而又能利用其他方法立遺囑時，原有的口授遺囑經過三個月後自動失效。

　　雖然立遺囑不必法院公證才有效，但公證或密封遺囑有公證人，更可以確保遺囑的有效性。一般來說，自書遺囑最爲簡便，然而大多提起遺囑無效訴訟的理由，都是爭執遺囑定立時，立囑人是否具有行爲能力或意識是否清醒。因此，不論選擇何種立遺囑方式，都得注意相關法律規範，避免遺囑無效。

## 四 範例說明

　　由於遺囑涉及遺產分配，法律因而有相關規定。金錢之事，向來是爭議之源，而且還有遺產與贈與稅，債務與繼承等問題。因此，大多正式的遺囑，都以遺產如何分配處理爲重心。除此之外，臨終醫療照護，以及事後喪葬，也是遺囑內容中應交代之事。除此之外，對於青年至中壯年人，先預立遺囑，實有更多反省自己，努力實現自我的用意。以下分舉兩種遺囑範例，一般「制式遺囑」，較爲格式化，分條陳述意願，用語須清楚明確；其二爲「抒情遺囑」，立囑人藉遺囑抒發個人情感，追憶與反省。法律上並無如此區分與名稱，僅爲寫作之例。

### (一) 制式遺囑

遺　　囑

立遺囑人　　○○○

　　○○○生於民國○○年○○月○○日，○○縣（市），身分證號爲○○○○○○○。

　　茲鄭重聲明，本人此前所有訂立之遺囑、遺囑修訂附件及遺

囑性質的產權處置，逕行作廢，以此囑書爲本人最後之遺囑。

　　本人指定及委派本人之××（如律師、妻子），姓名×××，身分證號××××××××××，爲本人此遺囑之執行人及受託（見證）人。

　　茲依民法相關規定訂立本遺囑：

　　吾此生白手起家，奮發自立，成家立業，小有所成。如今未雨綢繆，立下此一遺囑，希望爾等在余臨終或亡故後，遵照余之心願：

1. 如因癌症末期，不得強求任何積極性侵入治療，改採緩和性治療，並由×××代爲決定是否放棄治療，切莫違背。

2. 所有遺物皆平均分配（或自行分配）。

3. 將座落於○○縣○○區○○段○○地號之土地及其上建築物（即○○縣○○區○○路○○巷○○號○○樓）由○○○單獨繼承之。

4. 所有保險給付，指定×××爲受益人。

5. ○○銀行帳號○○○○○○之全部存款，遺贈給○○慈善機關。

6. 其他定期存款均歸×××繼承之。

7. 名下有價證券，信託○○○律師保管，待子女成年之日，再行移交彼等處理之。

8. 如我與妻不幸同時過世，子女尚年幼，得由○○○爲監護人至成年，再將一干遺產移交彼等處理之。

9. 遺體予以火化晉塔於○○○，葬禮不需鋪張，量力而為，以佛教儀式處理。

　　上開遺囑，經爾等在場見證，由立遺囑人親自簽署，作為最後遺囑；同時爾等簽署名字作見證人時，該立遺囑人與爾等兩人均同時在場，此證。

立遺囑人：○○○

見證人：×××

身分證號碼：○○○○○○○○○○

見證人：×××

身分證號碼：××××××××××

見證律師：○○○

中華民國○○年○○月○○日

㈡ 抒情遺囑

　　當你們看到這封遺囑時，我應該已經離去，永遠不會再見面了。

　　我從來沒想過，生命竟然會如此短暫。人說雙十年華，二十歲應是人生最美好的時光，正準備開啓光輝燦爛的錦繡前程，但是我卻可能在二十歲走下人生的舞台。幕起非由我，謝幕亦非我願，雖知這是必然，卻沒想到如此的早。

　　二年前，我和所有的高中生一樣，為了自己的夢想努力，經過無數寒窗苦讀的日子，終於考取了心目中的大學。本來以為人生從此會像老師祝福的鵬程萬里，就要開始展翅高飛，沒想到，

老天爺卻和我開了一個大玩笑，我生病了。一個幾乎沒有人聽過的病，同基因合子型蛋白質C缺乏症。我不想多做解釋，雖然我試著了解這個病，但還是不了解，只知道，皮膚長出許多的水泡和斑點，有些變成疽。醫生說，發病時會有生命危險。所以，去年休學回家，不想見到任何人。

最心疼的，大概是媽媽吧！從生下我到現在，付出的歲月與心力是無法估量的。還記得小學一年級，有次和同學聊天上錯安親班的接送車，一路上沒人發現，我也傻傻的，就這樣在另一個安親班待了幾個小時，直到有老師發現。媽媽衝過來抱我大哭的畫面，永遠印在我的腦海。後來才知道，原來的安親班發現不對，還有小朋友說我被人帶走，於是立即報警，媽媽在公司接到消息，心急如焚，深怕我受到傷害。最後雖是虛驚一場，但媽媽著急的心情，我幼小的心靈其實懂得。現在回想這一幕，我還忍不住想大哭一場，因為我終究還是讓媽媽擔心了，而且這一次，我可能真的要永遠離開媽媽了。在這裡，我想和媽媽說，我永遠愛您，希望下輩子再結緣。

爸爸工作很忙，印象中，我似乎沒有和父親長時間的單獨相處，但我知道，他對我的關心始終如一。尤其是得知我生病，那晚他整夜沒睡，這份恩情，只有來世再報了。

至於我的小妹，我想告訴妳，我們從小一起長大，我很抱歉，沒能盡到姊姊的責任，甚至有時還會欺負妳，但是請妳相信，我是永遠支持妳的。追求理想之路，必然會遇到許多荊棘和

阻礙，但是只要堅持，永不放棄，夢想一定會實現。那一晚，妳描述未來，我永遠不會忘記妳眼中綻放的光芒，也許我無法看到妳實現夢想的那一天，但是我會在天上陪著妳，爲妳喝采。

　　我走了以後，爲避免觸景傷情，請不要留下任何遺物，如果可能，堪用品捐給慈善機構，其他的都丟棄。我的存款不多，存摺都收在書桌抽屜，也請全部捐出。

　　最後，我還有一個小小的心願。我一直想去巴黎，那個我心目中浪漫的城市，看看巴黎鐵塔，走訪羅浮宮。只是，這個願望在此生無法實現了。希望有人能帶著我的一點骨灰，到花都巴黎去。讓我能看看心目中的巴黎，是否如同想像。請不必辦告別式，遺體火化，骨灰灑在樹林中，還諸天地。永別了，各位。

王瑋軒　2016.05.30

## 五 習題

　　想像自己得到絕症，生命只剩半年。試擬一份「遺囑」，在這最後的日子，書寫想說的話，想交代的事，想完成而未竟的心願。

## 六 延伸閱讀

(一)王國治：《民法系列──遺囑》，台北：三民，2006。

(二)連世昌：《未竟的遺願：十五堂遺囑課，教我們無憾而微笑地離開》，台北：大鼎文化，2014。

㈢劉安桓:《遺囑書:我的身後事,我做主!》,台北:不求人文化,2014。

國家圖書館出版品預行編目資料

現代生活應用文／實踐大學應用中文學系編
著. — 二版. — 臺北市：五南, 2016.09
　　面；　公分

ISBN 978-957-11-8747-1 (平裝)

1.漢語 2.應用文

802.79　　　　　　　　　105014176

1XDA

# 現代生活應用文

編 著 者 — 實踐大學應用中文學系

編撰委員 — 李宗定 (96.6) 黃雅琦　鄭芳祥　許如蘋

　　　　　　鄭婷尹　馬琇芬　李綉玲　黃思超　郭妍伶

　　　　　　林宏達　何淑蘋

發 行 人 — 楊榮川

總 編 輯 — 王翠華

企劃主編 — 黃文瓊

責任編輯 — 吳雨潔

封面設計 — 陳翰陞

出 版 者 — 五南圖書出版股份有限公司

地　　　址：106台北市大安區和平東路二段339號4樓

電　　　話：(02)2705-5066　　傳　　真：(02)2706-6100

網　　　址：http://www.wunan.com.tw

電子郵件：wunan@wunan.com.tw

劃撥帳號：01068953

戶　　　名：五南圖書出版股份有限公司

法律顧問　林勝安律師事務所　林勝安律師

出版日期　2014年2月初版一刷
　　　　　2015年9月初版三刷
　　　　　2016年9月二版一刷

定　　價　新臺幣380元